U0010919

作者
韓語幫幫忙

ㅇㅈ!
韓國年輕人
這樣說

超實用生活會話&
經典鄉民流行語

太雅

目 錄

Part 1

한국어랑 친해지기！
和韓語變熟吧！

● 기초 표현

Part 2

한국인처럼 말하기！
收起課本，說得跟韓國人一樣！

Part 3

한국인들이 말 알아듣기 !
聽懂韓國人在說蝦米！

作者序

韓語幫幫忙이 외국 친구들에게 한국어를 가르쳐 온 지 벌써 3년이 넘었네요 .

그동안 지켜보니 한국어를 배우는 외국 친구들이 공통적으로 어려워하는 부분은 바로 '유행어' 와 '어법' 이었어요 .

그런데 , '어법' 은 자세하게 설명이 잘 되있는 책들이 너무나도 많지만

'유행어' 는 한국어 교재에는 설명이 당연히 없고 , 네이버 사전에도 나오지 않는 경우도 많아서 더 어렵게 생각하는 것 같아요 .

특히나 요즘에는 유튜브나 페이스북 , V 앱을 통해서 한국어를 바로 접하는 일이 많아지면서 그런 일이 훨씬 많이 생기고 있는 것 같아요

그래서 《韓國年輕人這樣說》를 만들게 되었어요 .

책에서는 배울 수 없는 유행하는 말들을 정리했고 , 사용 예시와 그림을 함께 넣어 이해하기 편하게 만들었어요 .

그리고 실제 한국인이 읽고 녹음한 음성파일도 같이 만들어서 더 생생하게 한국어를 익힐 수 있게 만들었어요 .

《韓國年輕人這樣說》을 통해서 여러분들이 한국어를 더욱 친숙하게 생각할 수 있었으면 좋겠어요 .

한국어 공부하면서 어려운점이 있으면 언제든 물어보세요 .

韓語幫幫忙이 함께 할게요 ! :)

「韓語幫幫忙」團隊投入韓語教育至今已超過三年。

在這段期間我們發現，學習韓語的外國朋友們在學習「文法」和「流行語」時會遇到比較多困難。雖然市面上已有許多詳盡說明「文法」的學習書籍，然而在一般韓語教材上，仍缺乏針對「流行語」的教學，即使在知名網站的線上韓語辭典上查找，也時常會有找不到的狀況。以上狀況都是學習流行語更加困難的原因。而近來透過 Youtube、Facebook 或 V LIVE 等社群媒體網站，一般外國朋友更容易接觸到韓文，上述的情形也就更常發生了。

因此《韓國年輕人這樣說》就在這樣的背景之下誕生了。

我們把在一般教材中難以學到的流行語系統化地整理，並附上應用例句和圖畫，讓讀者在學習時能更容易理解和吸收；不光如此，還特別邀請到韓國本地的新聞主播製作錄音檔，讀者一邊看書、一邊聽錄音的同時，能學到更道地和生動的韓文。

期待透過《韓國年輕人這樣說》這本書，讓各位讀者能和韓文更加親近。在學習韓文的路上，如果遇到任何問題，都歡迎各位來訊詢問。

「韓語幫幫忙」陪您一起學韓文！

本書的使用方法

掃描 QR code，隨時聽發音

每個主題句都有，用手機掃描連上音檔，立馬跟著老師開口說，聽、說能力更上層樓！

加強韓語基本功

Part1 收錄了韓語基礎句型、生活應用句型，舉凡食、行、娛樂、交友各個面向，由淺入深，穩紮穩打地學習道地會話。

詳細說明與例句

每個句子、單字皆附上詳細中文解說與例句，絕對不必怕看不懂！掃描 QR code 就能聽韓國老師發音、全韓語講解喔！

知識小百科

補充與主題句相關的句型、單字，或深入剖析韓國的社會、文化、習俗，學習韓語時也能同時學到與韓國相關的小知識，了解時下趨勢哦！

終結死板的教科書生活會話

書裡沒教，韓國人卻常用；書裡有教，韓國人卻壓根兒不
會使用？本書打破迷思，教你更輕鬆、更貼近日常的韓語。
表達同樣的意思，教科書的文句與真正的生活會話大不相
同啊！

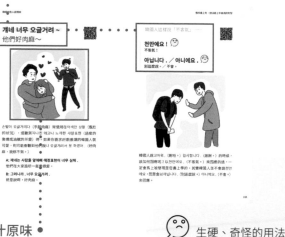

韓風插畫原汁原味

搭配韓國插畫家繪製的「韓味」
插圖，生動又逗趣，超有記憶點！

生硬、奇怪的用法

自然、道地的用法

牛刀小試

溫故知新，加深印象，測試
看看自己了解了多少？

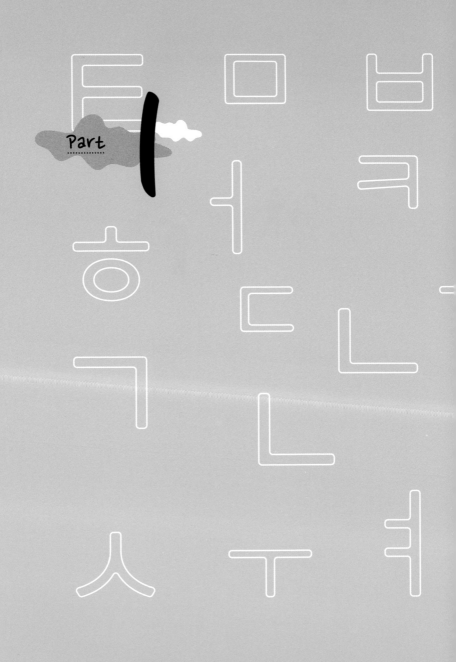

Part 1

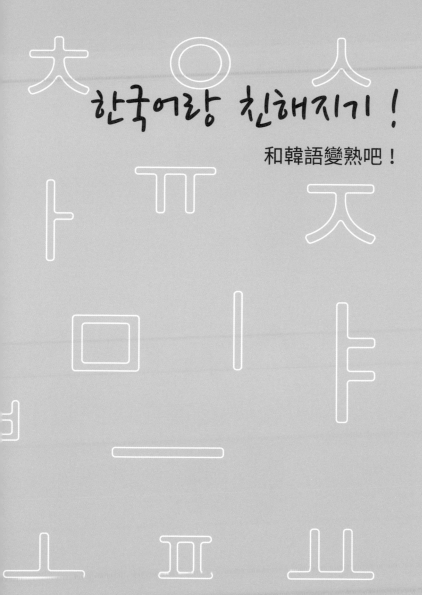

한국어랑 친해지기!

和韓語變熟吧!

기초 표현

基礎句型

오늘 날씨 어때? 비 온대?
今天天氣如何？會下雨嗎？

雖然韓國四季的分界不像古時候那麼明顯，但至今仍有春、夏、秋、冬四個季節。然而，因為天氣常常說變就變，所以韓國人有很多與天氣相關的疑問句，而關於天氣的疑問句也非常多樣化。

영하 몇 도야?
現在零下幾度呀？
코트 입으면 좀 더울까? 穿大衣的話會不會太熱呀？
비 많이 온대? 會下大雨嗎？

小百科

비와 한국인　雨和韓國人

許多韓國人不喜歡沒帶雨傘而淋濕的感覺，因此非常討厭氣象預報失準或是突如其來的大雨。有趣的是，韓國人喜歡在下雨的日子吃著파전（煎餅）配막걸리（小米酒），其由來眾說紛紜：有的說是因為煎餅的聲音很像雨聲，讓人不自覺聯想；有的說是因為雨天濕冷，適合吃高熱量的食物……總之，韓國人看著雨就想到酒的飲酒精神，真是頗厲害呀！

배고플 때 됐지 .

該吃飯了。(肚子餓的時候到了)

～할 때 됐지（～的時候到了）換句話說是～할 시간이 왔다（該做～的時間來了）的意思，而배고플 때 됐지 . 代表該吃飯了、肚子餓了等多種意思。這樣的句型可以用在很多地方，隨著年紀的增長，長輩們常說以下這些話，帶給年輕人許多壓力。

> 결혼할 때 됐지 . 該結婚了。
> 취직할 때 됐지 . 該找工作了。
> 아이 가질 때 됐지 . 該生小孩了。

피곤해 보여.
看起來很累。

〜해 보여 (요) (看起來〜) 用於發話者敘述自己實際看到的模樣，例如大家常用오늘 왜 이렇게 피곤해 보여？감기 걸렸어？ (你今天為什麼看起來那麼累呢？感冒了嗎？) 來表達關心。反之，如果表達看起來很幸福呢？오랜만에 만난 친구가 행복해 보여서 좋았다 . (許久不見的朋友看起來很幸福，太好了。) 這句話用於文字表現時雖然很自然，但我們在日常對話時，用너 기분 좋아 보인다 . (你看起來心情很好。) 表達，會比너 행복해 보여 . (你看起來很幸福。) 更加自然。

얼마나 걸려요 ?
需要花多久時間呢？

얼마나 걸려요?（需要花多久時間呢？）無論是搭計程車時、在銀行開戶時、去電信公司申辦手機門號時，都可以使用這個疑問句，這是韓國人在詢問時間長短時，最常使用的基本句型。

진짜 잘됐다.

真是太好了。

當身邊的朋友或家人通過考試，或有好事發生的時候，可以說너무 잘됐다.（太好了。）或是진짜 잘됐다.（真是太好了。）表達祝賀之意。此外，若是對朋友或晚輩，我們也常常使用수고했어.（辛苦了。）這個句型。

小百科

아주머니 수고하셨어요？ 大嬸，您辛苦了？

在韓國，對長輩說수고하셨어요.（辛苦了。）會讓人覺得不太有禮貌，因此使用時要特別小心。不過，對朋友或晚輩使用是沒問題的哦！

여기 진짜 맛있다.

這裡真的很好吃。

應該很多人為了吃美食而造訪韓國吧？為了吃美食而造訪著名店家時，韓國人會說와 여기 진짜 맛있다 . （哇，這裡真的很好吃）。不是說食物好吃而是說店家好吃，是不是很有趣的表示方式呢？

AA 식당 진짜 맛있어 . AA 食堂真的很好吃。

AA 식당 떡볶이 진짜 맛있어 .
AA 食堂的辣炒年糕真的很好吃。

오늘이 몇 월 며칠이에요 ?

今天幾月幾號呢？

韓國人最常寫錯的文法之一就是몇 월 며칠（幾月幾號）。就像몇 월（幾月）一樣，大家常常覺得며칠（幾號）應該也要寫成몇 일（幾日），但其實며칠才是對的寫法。使用時必須多加注意哦！

║ **며칠 전에 우리 이사했어 .** 幾天前我們搬家了。

║ **며칠 동안 못 봤더니 엄청 보고 싶다 .**

║ 幾日不見，好想你唷。

화요일 10 시에 예약 가능한가요 ?

可以預約星期二 10 點嗎？

預約醫院、面談、飯店時，很多外國人會使用화요일 10 시에 예약 할 수 있어요 ？（能預約星期二 10 點嗎？）來表達，因為書裡就是這麼教的啊！但其實，使用화요일 10 시에 예약 가능한가요 ？（可以預約星期二 10 點嗎？）或是화요일 10 시에 예약할 수 있을까요 ？（我能夠預約星期二 10 點嗎？）來表達，會更為自然。

오늘 약속 있어서 못 만날 것 같아.

我今天有約，所以
可能無法和你見面。

比起直白的表現，韓國人更常委婉地拒絕，比起오늘 약속 있어서 못 만나.（今天有約，所以無法和你見面。）的說法，更常使用못 만날 것 같아（好像無法和你見面）或만나기 힘들 것 같아（要和你見面好像會有點困難）。雖然對方很確定自己不可能會和你見面，但還是會使用～할 것 같다（好像～的樣子）的句型。

천천히 와 .

慢慢來。

約好要見面的韓國朋友因為塞車，用簡訊通知你他會晚到時，大家會如何回覆呢？這時只要說천천히 와 .（慢慢來。）即可。對於急性子的韓國人來說，為了安撫著急的對方、表達自己的理解，與他們相處時，不可或缺的句型就是천천히～（慢慢～）。

║ **천천히 준비해 .** 慢慢準備。
║ **천천히 생각해봐 .** 慢慢考慮看看。
║ **천천히 먹어 .** 慢慢吃。

시험 언제 끝나？
考試何時結束？

～언제 끝나？（～何時結束？）常用於詢問某事件何時結束，只要在～언제 끝나前放入想要詢問的動作或事件即可。

시험 언제 끝나？
考試何時結束？
알바 언제 끝나？
打工何時結束？
수업 언제 끝나？ 何時下課？

<table>
<tr><td>小百科</td><td>

한국 고등학교의 시험 제도　韓國高中的考試制度

韓國的高中生們整整 3 年都在和考試戰爭，每個學期都會有中간고사（期中考）、기말고사（期末考）、영어 듣기 평가（英語聽力測驗）以及과목 수행 평가（各科目評量測驗）。每位老師會給予不同的作業來執行評量測驗，例如：독서 퀴즈（學習問答）、만들기（動手 DIY）、단원 평가（單元小考）、창의력 과제（創意力作業）等。沒有期中考和期末考時，學生們還要準備대학수학능력시험（簡稱수능，大學修學能力試驗，即大學入學考試）的模擬考。結合上述所有項目的總分數，作為進入大學的成績依據。

</td></tr>
</table>

이번 설날에 뭐해 ?
這次過年你要做什麼 ?

이번 〜에 뭐해 ?（這次〜你要做什麼？）主要用於連假前夕，詢問對方假期規畫時會使用的句子。詢問未來的計畫時可以使用這個句型，例如：이번 주말에 뭐해 ?（這個週末要做什麼呢？）

若是詢問過去該怎麼說呢？以저번 주말에 뭐했어 ?（你上個週末做了什麼呢？）來提問即可。

이번 주말에 뭐해 ?	這個週末要做什麼呢？
이번 연휴에 뭐해 ?	這次連假要做什麼？
이번 크리스마스에 뭐해 ?	這次聖誕節要做什麼呢？

小百科

한국의 설날과 추석　韓國的過年和中秋

在韓國，설날（新年）和추석（中秋節）是很重要的節日。新年是農曆 1 月 1 日，家族成員們齊聚一堂，迎接一年開始的第一天；在此時韓國人會吃떡국（年糕湯），象徵長了一歲。不管是農曆新年還是國曆新年，人們見面的第一句話就是以새해 복 많이 받으세요 .（新年快樂。）來問候。中秋節是農曆 8 月 15 日，韓國人習慣在這天吃송편（松餅）。而這天也是一年之中重要的日子與節慶，又稱為한가위。

감기 걸렸나봐.

好像感冒了。

用韓語來表達哪裡疼痛時，可以用배가 아파（肚子痛）、다리가 아파（腿痛）、머리가 아파（頭痛）等簡單的字句表現。流鼻水或喉嚨痛的話，應該就是感冒了，此時就可以說감기 걸렸나봐.（好像感冒了。）。若是更嚴重的感冒，身體寒氣過重時，可用몸살이 나다（渾身不舒服）來表示。

많이 다쳤어?
傷得很嚴重嗎?

從階梯滑倒或被石頭絆倒的話,應該會傷得很嚴重吧?更嚴重的情況是發生車禍導致受傷,這時該如何對朋友表達關心呢?通常我們以下面的句子來詢問對方身體狀況。

많이 다쳤어? 傷得很嚴重嗎?

괜찮아? 還好嗎?

얼마나 다쳤어? 傷到什麼程度?

~~송별회 가야 해.~~
必須去歡送會。

~가야 해（必須去~）
的句型生活中常常使
用，除了可將某種行
動或事件置於~가야
해前面外，也可以將場
所置於前面。如：학
교 가야 해.（必須去學
校。）집 가야 해.（必
須回家。）

알바 가야 해. 必須去打工。
송별회 가야 해. 必須去歡送會。
수업 가야 해. 必須去上課。

小百科	**송별회 vs 환영회　歡送會 vs 歡迎會**

송별회（歡送會）含有珍重再見的意義，那該如何表現歡迎
之意呢？稱做환영회（歡迎會）。最常見歡迎會的就是每年
迎接大學新鮮人時舉辦的신입생 환영회（新生歡迎會），新
生們在歡迎會中與學長姐們見面、自我介紹，也會一同飲酒
作樂。但是，歡迎會的時候，新生被灌酒（술을 너무 많이
먹여）的問題也存在校園中。

나 머리 했어 .
我去弄頭髮了。

머리 했어（弄頭髮了）的表現包含자르다（剪）、다듬다（修剪）、염색하다（染）的意思，代表「頭髮產生變化了」的意思。由長髮變短髮，可說머리를 자르다（剪頭髮）；如果長度沒有大幅變化，只是調整髮量或撫平頭髮毛躁，則要說머리를 다듬다（修頭髮），雖然差異不大但一定要知道區別。

몇 시에 만날까 ?
要約幾點見面呢？

相約見面的時候詢問時間的句型，韓國人通常以整點或 30 分為單位來相約見面時間。回答時可以說：12 시 반쯤 보자！（12 點半左右見面吧！），在時間後面加上～쯤（～左右）的話，即使超過 12 點半一點點，彼此也能理解對方，因此不會生氣。另外，也有人會使用 12 시에서 12 시 반 사이에 보자 .（12 點到 12 點半之間見面吧。）這種句子，含糊地約定見面時間。

뭐 좋아하세요 ?
您喜歡什麼呢？

對於初次見面或不熟的朋友，可以用這些句型拉近與對方的距離，比較不會對回答問題的人造成負擔。

운동은 뭐 좋아하세요 ? 您喜歡什麼運動呢？
음식은 뭐 좋아하세요 ? 您喜歡吃什麼呢？
주말에는 주로 뭐하세요 ? 通常週末都做些什麼呢？

그동안 뭐하고 지냈어 ?
這段時間如何度過的呢？

韓國人常常用這些話來問候許久未聯絡的朋友。

> **왜 이렇게 오랜만이야 ?** 怎麼那麼久不見？
>
> **와 진짜 오랜만이다 .** 哇！真的好久沒見了耶。
>
> **뭐하고 지냈어 ?** 過得好嗎？
>
> **그동안 잘 지냈어 ?** 這段時間過得好嗎？
>
> **그동안 뭐하고 지냈어 ?** 這段時間如何度過的呢？

민증 확인 좀 할게요 .
讓我確認一下您的證件。

進入酒吧或買酒，行為受年齡限制時，常常聽到민증 확인 좀 할게요 .（讓我確認一下您的證件。）這句話，민증（民證）是주민등록증（住民登錄證，即身分證）的縮寫。～확인 좀 할게요（讓我確認一下～）比起～검사 하겠습니다（讓我檢查一下～）更加委婉。

> 승차권 확인 좀 하겠습니다 . 讓我確認一下您的車票。
> 여권 확인 좀 하겠습니다 . 讓我確認一下您的護照。

小百科

한국의 주민등록제도 韓國的住民登錄制

擁有韓國籍身分的人皆有一組屬於自己的固定號碼，共 13 碼（6＋7 碼），這是韓國獨有的住民登錄制度。前 6 碼數字是出生年月日，後 7 碼的第一個數字，男生開頭是 1、女生開頭是 2；2000 年以後出生的人，男生是 3、女生則用 4 來表示。此外，外國人的登錄證上，男生是 5、女生用 6 來標記。

카드 돼요?

可以刷卡嗎？

在韓國，大部分的店家都可以刷卡，因此比起現金，大家偏愛使用카드（信用卡）結帳，更為方便。但由於店家需要支付수수료（手續費），因此部分店家只收현금（現金）。結帳時若想詢問店家是否可以刷卡，可以用카드 되나요？（可以刷卡嗎？）這個句了。

맛있게 드세요 .
請享用。

韓國人和其他人一起吃飯時，會先說맛있게 드세요 .（請享用。）後再開動。像這樣互相祝對方用餐愉快，大家也能因此帶著好心情吃飯吧？以下例句也能表達類似的涵義。

식사 맛있게 하세요
祝您用餐愉快。

잘 먹겠습니다 . 我要開動了。

小百科

한국 대학생들의 밥약속　韓國大學生的飯局

韓國大學生們有밥약속（飯局）文化，就是學長姐會請剛進學校的新鮮人們吃飯，分享校園生活點滴的文化，밥 약속（吃飯的約會）可以簡稱為밥약（飯局）。而為了答謝請客的學長姐，有時後輩會請學長姐喝咖啡，這種行為被稱為보은（報恩）。前後輩間藉由吃飯、談天說地，可以更拉近彼此距離。

너무 걱정하지 마 . 잘 될 거야 .
別太擔心，一切會好起來的。

這是周邊朋友發生不好的事或感到憂鬱的時候，可以給予對方安慰的句型。傳達出自好意的關心，可使用以下句子。

> **더 좋은 일이 있을 거야 .**　會有好事發生的。
> **다 괜찮아질 거야 .**　都會沒事的。
> **액땜했다 생각해 .**　就當作破財消災吧。

배달 되나요?
可以外送嗎？

～되나요？（可以～嗎？）用於詢問可否提供某項服務。詢問外送服務時，可以說배달 되나요？（可以外送嗎？）剩下的食物想打包帶走的時候，可以說포장 되나요？（可以打包嗎？）想知道東西有沒有打折的時候也可以問할인 되나요？（有折扣嗎？）只要將～되나요？（可以～嗎？）置於想詢問的服務之後即可。

그냥 전화했어.
就是打電話了。

沒有特別的理由做某種動作時，韓國人會說그냥（就那樣）、그냥～했어（就～了）。下次遇到自己毫無理由想做某事時，就試著使用這個句型吧。

‖ **Q：너는 나를 왜 좋아해?** 你為什麼會喜歡我？
‖ **A：그냥.** 就是喜歡。
‖ **Q：추운데 놀이동산을 왜 가고 싶어?**
　　那麼冷為什麼要去遊樂園？
‖ **A：그냥 가고 싶어.** 就是想去。

한국 사람들이
반복적으로 쓰는 표현

韓國人常用的句型

셀카 찍을까 ? 단체 사진 찍을까 ?

要不要來自拍？
要不要來拍團體照？

韓國人和久違的朋友見面時、到漂亮景點遊玩的時候常常喜歡셀카（自拍），而利用셀카봉（自拍棒）可以使拍照變得更容易。此外，很多人一起參與的活動或項目結束時，也會拍張단체 사진（團體照）當作紀念。

이 근처 맛집 어디야 ?

這附近好吃的店在哪呢？

出去玩的時候，探訪好吃的店是一定要的！맛집即是由맛있는 집（好吃的店）縮寫而成的。韓國人喜歡探訪特定地區和國家有名的美食，很多電視節目也會介紹好吃的店家。

나 다이어트할 거야.

我要減肥。

下定決心要甩肉的時候，可以說살 뺄 거야.（我要甩肉。）
或다이어트할 거야.（我要減肥。）但다이어트는 내일부터（減
肥，明天再說）這句話，正說明了減重是一件非常困難的
事。ㅠㅠ！（嗚嗚！）

술 깼어?
酒醒了嗎？

喝太多酒會醉吧？那麼，該如何表達酒醉之後，再次回到清醒的狀態呢？正是使用술 깨다（酒醒）這個字。一起喝酒的隔天，可以詢問朋友以下句子。

> 술 깼냐？
> 酒醒了沒？
> 술 좀 깼어？
> 稍微清醒了嗎？

小百科

해장　醒酒

韓國有愛喝酒的文化，因此每個人都有自己一套醒酒的方法。即使沒有科學根據，大家都會用自己方式讓胃感到舒服。라면을 먹다（吃泡麵）、해장국을 사먹다（買醒酒湯來吃）、꿀 차를 타먹다（泡蜂蜜茶喝），或是술 먹은 다음 날은 술을 절대 먹지 않다（飲酒的隔天絕對不再喝酒），每一種都是愛喝酒的韓國人努力醒酒的方式。

이거 세일해요？
這個在特價嗎？

50% 세일（打對折）、1+1 세일（買一送一）……常常看到很多吸引消費者的折扣活動吧？不過一旦進去店裡，卻總是發現只有少數商品有特價，自己想買的商品一定在折扣品項之外對吧？因此，購買商品前一定要詢問이거도 세일해요？（這個也有特價嗎？）或이것도 세일 상품이에요？（這個也是特價品嗎？）

여자 친구랑 화해했어？
和女友和好了嗎？

朋友或情侶吵架之後，彼此道歉、重修舊好稱作화해한다
（和好），除了화해했어之外，還可以用잘 풀었어？（氣消
了嗎？）다시 괜찮아졌어？（又沒事了？）來表達。

> **A: 나 이번 주에 놀이공원 간다〜〜**
>
> 我這禮拜要去遊樂園〜〜
>
> **B: 뭐야？ 여자 친구랑 화해했어？**
>
> 什麼？和女友和好了嗎？

여자어 vs 남자어

女人語 vs 男人語

情侶間吵架的理由其中之一就是「男生無法理解女生的話，女生誤解男生的語意」。雖然是同一句話，但男人和女人說出口時表達的意思卻不一樣。現在就讓我們來比較一下吧！

	女生想法	男生想法
뭐해 ? (在做什麼呢？)	뭐하는데 메시지에 답장을 안해 ? (在做什麼還不回我訊息？)	진짜 뭐하는지 궁금함 . (我真的很好奇你在做什麼。)
사랑해 . (我愛你。)	너가 날 더 사랑한다고 말해 . (你要說你更愛我。)	진짜 사랑함 . (我真的愛你。)
나는 상관없어 . (我沒差。)	빨리 내 뜻을 알아 맞춰 봐 . (快猜猜看我想幹嘛。)	진짜 상관없음 . (真的沒差。)
괜찮아 . (沒關係。)	안 괜찮음 . (有關係。)	진짜 괜찮음 . (真的沒關係。)

너 피부 진짜 좋다.
你的皮膚真的好好。

想讚美朋友的皮膚時，我們該如何說呢？使用以下例句稱
讚他人，不論是誰聽了心情都會變好，別吝嗇讚美呀！

> **피부 진짜 좋다.** 你的皮膚真的好好。
> **너 피부 예술이다.** 你的皮膚就像藝術一樣。
> **완전 아기피부네.** 根本就是嬰兒皮膚嘛。
> **꿀 피부다!** 皮膚真嫩！

왜 이렇게 소화가 안 되지 ?
為什麼這麼無法消化呢？

沒有原因地一直持續某情況或狀態，韓國人常常會用왜 이렇게 ～하지 ?（為什麼這麼～呢？）來表達。

> **왜 이렇게 허리가 아프지 ?** 為什麼腰會這麼痛呢？
>
> **왜 이렇게 안 좋은 일만 생기지 ?**
> 為什麼會一直發生壞事呢？
>
> **왜 이렇게 나한테 잘해주지 ?** 為什麼對我這麼好呢？

네가 좀 심했네.
你有點過分欸。

심했다（嚴重）代表超過某種程度。尤其是說出네가 말을 심하게 했어.（你話說得有點過分了。）내가 좀 심했던 것 같아.（我好像太超過了。）時，代表發言或行動過於嚴重，到了有可能令人受傷的程度；對朋友道歉的時候也可以使用後者句型。

시간 가는 줄 모르고 놀았네.
玩到不知道時間。

시간 가는 줄 모르고 ~했다（~不知道時間）代表專注做某件事時，時間過得太快，讓人不小心毫無察覺。

> **시간 가는 줄 모르고 TV 봤다.**
> 看電視看到不知道時間。
> **시간 기는 쫄 모르고 공부했다.**
> 唸書唸到不知道時間。

우리 만난 지가 엊그제 같은데…
我們好像昨天才相識……

～한지가 엊그제 같다（好像昨天才～）這是韓國人在寫信的時候，很喜歡使用的句型。以너를 만난 날이 엊그제 같은데（和你相識，恍如昨日）、너랑 사귄 게 엊그제 같은데（和你交往，恍如昨日）開頭，接著寫벌써 1 년이란 시간이 지났어．（卻已經過了 1 年。）和心愛的人分享回憶時也可以使用這種句型。

너무 예민하게 굴지 마 .

不要太敏感。

너무 예민하게 굴지 마 .（不要太敏感。）或너무 깊게 생각하지 마 .（不要想太多。）等句型，可以對充滿煩惱的朋友們說。雖然集中心力投入某件事是好的，但我們偶爾也需要單純的思考，以平常心看待，對吧？

나 얼굴 탄 거 같아.
我的臉好像曬黑了。

韓國女生大部分喜歡하얀 얼굴（白皙臉蛋）。為了擁有하얀 피부（白皙皮膚）外出的時候為了防曬會塗抹선크림（防曬乳）。女生發現自己的臉好像曬黑的時候，都會特別擔心。

토할 거 같아 .
我好像快吐了。

너무 많이 먹어서 토할 거 같아 . (吃太多好像快吐了。) 멀미해서 토할 거 같아 . (因為暈車好像快吐了。) 等句子,是實際上胃滾滾翻騰或不舒服時會說的話;但另一種則是用於表達令人感到不舒服,甚至到了「快要吐了」的程度。並不是真的要嘔吐,只是將令人不舒服的程度誇飾化,很有趣吧?ㅎㅎ (哈哈)

‖ 너 애교 보니까 토할 거 같아 . 看你撒嬌我好像快吐了。

너는 이상형이 뭐야?
你的理想型是怎樣的人？

跟朋友見面聊天時會互相詢問이상형（理想型），有許多類似句型可使用。

너는 이상형이 어떻게 돼?
你的理想型長怎樣？

너는 어떤 스타일 좋아해?
你喜歡哪種類型？

어떤 사람하고 연애하고 싶어?
你想和哪一種人談戀愛？

小百科

한국 여자들의 이상형 韓國女生的理想型

女生們和朋友相聚的時候常會聊有關理想型的話題，每個人都有屬於自己的理想型。某些韓國女明星公開說喜歡나쁜 남자（壞男人），其實並不是真的壞人，而是指外表무뚝뚝해 보이다（看起來木訥老實），實際上卻對女生很好的類型。再者，很多女生都喜歡유머감각이 뛰어난 남자（幽默風趣的男生）；有個研究指出，這是因為一看到幽默風趣的男生，女生會認為他們同時也很聰明。各位的理想型是哪一種類型呢？

철 좀 들어라 .

懂事點吧。

在韓國，大人們常常說군대를 갔다 와야 철이 든다 . （當完兵回來才會懂事。）결혼을 해야 철 든다 . （結婚之後才會懂事。）等。철들다（懂事）這個詞是從農業時代（農業時代）傳下來的，有了解농사의 철（農業的季節）的意思；到了現代，這個詞有어른이 되다（長大了）、성숙해지다（變成熟）、행동이 어른스럽게 변하다（行為像個大人）的意思。

너 언제 철들래 ? 你什麼時候才要懂事？
나는 아직 철이 안 늘었어 . 我還沒長大。
철이 늦게 들었다 . 我比較晚懂事。

이 음료수 원 플러스 원이죠?
這個飲料有買一送一嗎?

買一送一的商品是指買一個會免費得到另一個的意思,用同一個價格可以得到兩樣商品,因此消費者(消費者)當然不能錯過。편의점(便利商店)也常利用買二送一的活動來吸引消費者。

단 게 당긴다 오늘.
今天想吃甜的。

당기다（有食慾）指的是有胃口想吃某樣東西的意思，例如可以說 나 오늘 매운거 당겨!（我今天想吃辣的!）大部分的韓國人發音時不會說「당기다」，而是會說「땡기다」，因此口語上，發音聽起來會像：나 지금 단거 엄청 땡겨.（我現在非常想吃甜的。）。

여기 교통카드 충전 되나요?

這裡可以儲值嗎？

在韓國，除了지하철역（地鐵站）可以儲值之外，還有其他地方如편의점（便利商店）或작은 가판대（書報攤），都可以儲值。但是，每次都使用現金加值有點不方便，因此最近有很多人喜歡使用후불 결제（後付結算）的交通卡。

> **小百科**
>
> **한국의 교통카드　韓國的交通卡**
>
> 去韓國旅行的時候，地鐵車票、公車票不用分開購買，只需要一張交通卡即可。甚至從公車轉搭地鐵時會有환승 서비스（轉乘折扣），在某特定區間還可以免費搭乘。

너는 연락도 안하냐?

你都不聯絡的嗎?

這是對於許久未聯絡的朋友常常說的句型,也可以使用以下例句,快對你想念的朋友說說看吧。

> **왜 이렇게 연락 한 번하기 힘들어?**
> 為什麼和你聯絡那麼困難?
> **왜 이렇게 연락을 안했어?** 為什麼都不聯絡?

나이 들어가는 게 느껴져.

覺得年紀大了。

눈가에 주름이 생겼다（眼角長皺紋）或 피부가 거칠어지다（皮膚變粗糙）的時候，我們會深深地感受到年紀增長的事實，也可以使用以下例句來感嘆。

> 나이 드는게 느껴진다. 覺得年紀大了。
> 나이 먹는구나 나도. 原來我也老了。
> 나이 먹기 싫다. 不想變老。

너 아빠 닮았다.
你長得像爸爸。

到朋友家作客，看到朋友的爸爸和朋友長得一模一樣的時候，我們該如何表達呢？可以說와 너 아빠랑 진짜 닮았다!（哇！你跟你爸長好像。）或너 아버지랑 똑같이 생겼다.（你跟你爸一個模子印出來的。）那麼，想讚美朋友外貌的時候，應該也可以說너 박보검 닮았어.（你跟朴寶劍長好像。）넌 수지 닮았어.（你長得像秀智。）吧，哈哈！

우연히 마주쳐서 깜짝 놀랐어.

偶然相遇，嚇我一跳。

우연히～하다（偶然地～）的句型就是예상치 못하게 ～했다
（預想之外～）的意思。깜짝 놀랐어（突然嚇一跳）也有
很多人會縮寫成깜놀햇다。

> **대만 여행을 하다 우연히 그 사람을 만났어.**
> 在臺灣旅行的時候，偶然地遇見了那個人。
> **우연히 들어갔는데, 진짜 맛집이더라.**
> 偶然進去，沒想到這家店竟然那麼好吃。

군대 갔다 왔어 ?
當完兵了嗎 ?

在韓國出生的成年男子，
無一例外，每個人都要去
的地方，就是「軍隊」。
許多韓國人認為當完兵
回來才會懂事，因此常常
詢問別人군대 갔다 왔어？
（當完兵了嗎？）此外，
也可以在問句前面放入
某種行為，詢問對方是否
做完某件事。

유학 갔다 왔어 ? 留學回來了嗎？
휴가 갔다 왔어 ? 放假回來了嗎？

小百科

한국남자와 군대　韓國男生和軍隊

韓國男生在 20 幾歲的年輕歲月，會去當兵兩年，因此有很多
故事可以分享。女生因為沒有當過兵，所以對於當兵的話題
沒什麼興趣；另外，大部分的女生也對足球不感興趣，因此
有個笑話說，女生最討厭的話題就是 군대에서 축구한 이야기
（當兵時踢足球的故事）。

차가 너무 막혀서 좀 늦을 거 같아.

路上好塞，可能會晚點到。

～할 것 같다（好像會～）的句型在文法上雖然是機率不大的含意，但韓國人會用此句型表達無法一起參與的抱歉感，或無法做某事的情況。比起늦어（會遲到），常用늦을 것 같아（好像會遲到）來呈現；表達못가（無法去）的時候，會說못 갈 것 같아（好像無法去）。

小百科

차가 막히는 문제　塞車問題

韓國是一個面積 99,720 平方公里，擁有約 5,100 萬人口的國家，其中大約 20% 的人口居住在首爾，因此首爾是世界上人口密度高的城市之一，自然而然交通壅塞的情況非常嚴重，常常會有塞車的問題。搭計程車或開車赴約的時候，一定要留意時間呀！

牛刀小試

請參考下列情境，選出正確的、韓國人常用的表達方法。

01 **和好朋友相約見面時，詢問對方要約幾點見面……**

①몇 시에 만날까 ?　②얼마나 걸려요 ?

③수업 언제 끝나 ?

02 **參加聯誼，或初次見到新朋友時，**
該說什麼開啟話題呢……

①코트 입으면 좀 더울까 ?　②와 진짜 오랜만이다 .

③뭐 좋아하세요 ?

03 **詢問店員某樣商品是否有特價……**

①여기 교통카드 충전 되나요 ?

②이거 세일 상품이에요 ?　③카드 돼요 ?

04 **對朋友開了太過分的玩笑，心有愧疚，**
想向朋友道歉時……

①너무 깊게 생각하지 마 .　②내가 좀 심했던 것 같아 .

③나는 아직 철이 안 들었어 .

05 **無法跟朋友見面，想委婉地拒絕對方邀約時……**

①난 살 뺄 거야 .　②군대 갔다 왔어 ?

③만나기 힘들 것 같아 .

Part 2

한국인처럼 말하기!

收起課本，說得跟韓國人一樣！

책에는 없는 ,
한국인들이 자주 쓰는 표현

教科書上沒有，但韓國人常用的字詞和句型

영수증은 버려주세요 .
收據請幫我丟掉。

這一定是韓國人一天至少會用一次的句型！在餐廳或是商店買東西，不需要收據的時候可以說영수증은 버려주세요 .（收據請幫我丟掉。） 或영수증은 안주셔도 돼요 .（不用給我收據沒關係。）

A: 5500 원입니다 ~　一共是 5500 元～

B: 여기 있습니다 . 영수증은 버려주세요 ~
這裡。收據請幫我丟掉～

발이 넓다 : 아는 사람이 많다
交遊廣闊：認識的人很多

這裡的발이 넓다（腳很寬）指的並不是腳的大小或寬度，而是連結的人或認識的人很多的意思。交遊廣闊的人也可以用「마당발」來形容，例如：너는 정말 마당발이다 , 모르는 사람이 없네 .（你真的是交遊廣闊，沒有人不認識你耶。）

A: 오랜만에 학교에 오니 아는 사람들을 많이 만나네 .
好久沒來到學校，遇見好多認識的人！

B: 역시 발이 넓어 ~
果然是交遊廣闊呀～

발과 손이 들어간 관용 표현

包含手和腳的慣用表現

● 손에 익다 : 일이 익숙해지다

　手很熟悉：熟能生巧

　例句 : 피자 만드는 일이 점점 손에 익어 .

　製作披薩越來越熟能生巧。

● 손이 크다 : 인심이 좋다 . 통이 크다

　手很大：心腸好、大方

　例句 : 1 인분 만들려 했는데 , 3 인분을 만들었어 . 나는 손이 너무 커 .

　原本想製作一人份卻做成三人份，我真大方呀。

● 발이 떨어지지 않는다 : 미련이나 걱정으로 인해 떠날 수 없다

　腳無法離開：內心因迷戀或擔憂而無法離開

　例句 : 동생이 우니까 발이 떨어지지 않네 .

　因為弟弟在哭，所以一步都無法離開呀。

● 발이 묶이다 : 어떤 상황 때문에 움직일 수 없게 되다

　腳被綑綁：因為某種狀況而被困住了

　例句 : 제주도에 눈이 너무 많이 와서 공항에 발이 묶였어 .

　因為濟州島下大雪，所以被困在機場。

뽀루지가 나다 : 여드름이나 피부 염증이 생기다

爆痘：長痘痘或皮膚表面發炎

臉上長痘痘的時候一定覺得很在意吧？韓國人這時候會說 뽀루지가 났다（爆痘了）或피부 트러블이 생기다（皮膚出現問題了），這是注重皮膚管理的韓國人常用的句型。

A: 내일 소개팅있는데 , 턱에 뽀루지 장난 아니야 ㅠㅠ

我明天要去相親，但下巴卻冒了一顆大痘嗚嗚

B: 너 요즘 스트레스 받아서 트러블 생겼나봐 .

你應該是最近壓力太大，才會那麼嚴重吧。

한국인들이 자주 하는
피부 관리법

韓國人常用的皮膚保養方法

以下是韓國人常用的保養皮膚方法！（但不能保證實際的效果哦！）

● 1 일 1 팩 : 하루에 한 장씩 마스크 팩을 사용해서 수분
충전을 한다 .

一日一面膜：一天使用一片面膜補充水分。

● 2 중 ! 3 중 ! 세안법 : 클렌징 오일과 클렌징 폼 , 천연 비
누로 클렌징을 꼼꼼히 !

2 重！ 3 重！洗臉法：利用卸妝油、卸妝乳還有天然肥皂
仔細地清潔！

● 자외선 차단제 : 자외선 차단제는 3 시간 마다 덧 발라주
기 ! 자외선은 피부 노화를 당겨오기 때문에 자외선 차단
제 사용을 습관화 합시다 !

防曬：每三小時補一次防曬，紫外線會造成皮膚老化，因
此請養成習慣防曬吧！

뿌리 염색 하러 왔어요 .
來染髮根了。

染髮過後，黑色頭髮再次長出來時，若只補染髮根，可以跟
設計師說 뿌리 염색（根部染色）就好。喜歡染髮的韓國人，
當然不會忘記要補染根部囉！

A: 머리 좀 다듬어주세요 .
麻煩幫我整理一下頭髮。

B: 손님 , 뿌리 염색도 할 때 되신 거 같아요 .
客人，您的髮根好像需要補染了。

변기가 막혔어요.
馬桶堵塞了。

馬桶沖不下去的時候，會說변기가 막혔어요.（馬桶堵塞了。）通馬桶的吸把就是在馬桶堵塞的時候，不可或缺的工具。

A: 윽 ... 변기가 막혔어. 嗯 ...馬桶堵塞了。

B: 뚫어뻥 사야겠네. 得去買通馬桶的吸把了。

싱숭생숭하다 : 마음이 편치 않다
心神不寧：心裡難受不舒服

和마음이 심란하다（心煩意亂）一樣的狀況，或無法集中精神、感到心煩的時候，例如即將要去當兵或從學校畢業之際，都可以使用此句型。

A: 기분 안 좋아 보여 . 무슨 일 있어 ?

你心情看起來不太好。怎麼了嗎？

B: 내 첫사랑이 내년에 결혼한대서 마음이 싱숭생숭해 .

聽說我的初戀明年要結婚了，心裡有點難受。

A 몰 정문 앞에 내려주세요.
請在 Amall 正門口讓我下車。

搭乘計程車快到目的地時，以～전에／～앞에 내려주세요／
세워주세요（～前面讓我下車／停）的句型來表達，會更
為自然。

파란 건물 앞에서 세워주세요. 請在藍色建築物旁邊停車。
다음 횡단보도에서 내려주세요. 請在下個人行道讓我下車。
저 건물 지나서 내려주세요. 經過那棟建築物後讓我下車。

A: 거의 다 왔는데 어디에 내려 드릴까요？
快到了，請問要在哪裡讓您下車呢？

B: A 몰 정문 앞에 내려주세요.
請在 A mall 正門口讓我下車。

넌 왜 이렇게 귀가 얇아？

你為什麼耳根子那麼軟？

귀가 얇다（耳根子軟）代表很容易相信或接納別人的話。因為耳根子太軟而易受他人意見左右，好像也不太好吧？

A: 내일까지만 40% 세일하는 거래！오늘 꼭 살 거야.
特價 6 折只到明天，我今天一定要買！

B: 야 거기 매일 세일해. 넌 정말 귀가 너무 얇다.
喂，那裡每天都在特價，你耳根子真的很軟。

올 해 만으로 22 살이에요 .
今年滿 22 歲。

22 歲就 22 歲，為什麼要說「滿 22 歲」呢？因為韓國有自己一套計算年齡的方式，加個「滿」代表國際年齡，會根據生日而變化。韓國人認為在媽媽肚子裡的胎兒也是生命，因此從出生那刻開始就是 1 歲，每年的 1 月 1 日會增加 1 歲。

A: 나이가 어떻게 되세요 ? 您的年紀多大？

B: 만으로 22 살이에요 . 今年滿 22 歲。

小百科 **술 먹을 수 있는 한국 나이 可以喝酒的韓國式年齡**

在韓國，有韓國式的年齡計算法，因此有很多有趣的地方。2000 年出生的人，2019 年滿 20 歲，在 2020 年 1 月 1 日開始就有喝酒的權利；但提早一年入學，2001 年出生的人，就算高中畢業了，也要從 2021 年 1 月 1 日才能開始喝酒。

編注 | 韓國入學時間是每年 3 月 1 日，當年 3 月 1 日～隔年 2 月 28 日出生的孩子為同一學年的學生。因此 2000 年 3 月出生的孩子跟 2001 年 2 月出生的孩子雖然都是高三生，但可以喝酒的年齡限制卻不同。

한잔 더 먹으면 취할 거 같아 .
再喝一杯就要醉了。

在韓國，有許多愛
喝酒的人，因此和
酒相關的用語當然
也不少，例如：취
하다（喝醉）、취
할 거 같아（好像醉
了）、아직 안 취했
어（還沒醉）、오
늘 취할 때까지 마시
자 .（今天不醉不歸。）等。

A: 맥주 한잔 더 마실까 ?
再來一杯啤酒嗎？

B: 아니 , 나 한잔 더 먹으면 취할 거 같아 . 그만 마실래 .
不了，我再喝一杯就要醉了，我不喝了。

小百科 **소맥 잔　燒啤杯**

韓國人特別喜歡燒酒加啤酒混合，稱做소맥（燒啤），依據
燒酒比例的不同而有所謂的燒啤杯（混酒杯）。各位如果來
到韓國，一定要試試看哦！

우리 딸은 눈이 높아서 큰일이야.

我女兒眼光太高，大事不妙呀。

눈이 높다（眼光太高）可以對標準太高的人使用。眼光高的人在找尋另一半的時候，對於외모（外表）、키（身高）、학벌（學歷）、성격（個性）、직업（職業）等條件都很計較吧？

A: 딸은 소개팅 잘했대?
女兒說相親順利嗎？

B: 아니, 또 마음에 안 드나봐. 우리 딸은 눈이 높아서 큰일이야.
不好，又不喜歡的樣子。我女兒眼光太高，大事不妙呀。

눈치가 너무 없다.
太白目。

對於其他人的心情、整體的狀況或氣氛無法掌握的人，我們會稱作눈치 없다（白目）；相反詞是눈치가 빠르다（很會察言觀色）。

나는 눈치가 빨라서, 잘 속지 않아.
我擅長察言觀色，所以不容易被騙。

A: 내 여자친구가 집에 가겠다고 하고 가버렸어.
우리 게임할래?
我女友說要回家所以離開了。我們要不要來玩遊戲？

B: 너는 너무 눈치가 없어. 여자친구가 화난 거잖아. 가서 풀어줘야지.
你也太白目了。你女友是生氣了，還不快去和好。

이건 서비스에요 ~
這是免費招待的～

在韓國，서비스（service）是什麼意思呢？這裡和服務業的服務意思有點不同，指的是공짜 제공（免費提供）的意思。有人情味的老闆們有時會說서비스로 드릴게요.（免費招待。）或이건 서비스에요.（這是免費招待的。）並免費給客人食物，或東西加量不加價。來韓國的話一定要體驗看看！

A: 저희 이건 안 시켰는데 ...?

我們沒有點這個耶……？

B: 우리 식당 자주 오셔서 드리는 서비스에요！

（因為你們很常光顧本店，這是免費招待的！

곱빼기로 주세요.
請給我加大。

빼기（加大）是指比正常量還要多的意思。吃兩碗有點太多，但吃一碗又覺得不夠的時候就可以這樣點。짬뽕 곱빼기（炒碼麵加大）、짜장면 곱빼기（炸醬麵加大）、설렁탕 곱빼기（雪濃湯加大）……加大的文化是不是很有趣呀？

A: 나는 짜장면 먹을래.
我想吃炸醬麵。

B: 그럼 난 짜장면 곱빼기~
那我要吃加大的炸醬麵～

2 차 가자！
去續攤吧！

重情的韓國人喜歡聚餐或聚會，也因此當然不喜歡一吃完晚餐就各自解散。續攤時通常會前往술집（居酒屋）、노래방（KTV）等場所。

2 차는 어디로 갈까？ 要去哪裡續攤呢？

2 차 가실거죠？ 會去續攤吧？

A: 삼겹살 진짜 맛있었어요！ 五花肉真的好好吃唷！

B: 자 이제 2 차 가야지 ~？ 來～該去續攤囉～？

깜빡했다 .

我忘了。

깜빡했다就是忘記、忘掉了的意思，也可以用까먹었다來表示。

깜빡하고 안 썼어 . 我忘記寫了。
깜빡하고 안 냈어 . 我忘記交了。
깜빡하고 안 줬어 . 我忘記給了。

A: 내가 빌려 달라고 한 책 가져왔지 ?
我跟你借的書帶了吧？

B: 헐 , 깜빡했다 . 내일 갖다 줄게 .
呃……我忘了，明天帶來給你。

너 뒷북 장난 아니다.
你真是後知後覺。

뒷북치다（後知後覺）是指很晚知道事實，卻反應誇張的人。當其他人都已經知道，只有某人很晚才知道，卻反應很大的時候，就可以用這個單字形容他。各位身邊有哪些人容易後知後覺呢？

A: 야 우리 과 선배랑 후배랑 사귄대！

欸，聽說我們系上的學長跟學妹在交往耶！

B: 뒷북 치지마～3 개월이나 지났어.

你真是後知後覺耶～已經交往超過三個月了。

입에 맞을지 모르겠네 .
不知道合不合你胃口。

不同國家、不同地區,發展出不同的飲食,因此每個人的口味當然也不同。覺得食物好吃就代表合胃口囉!不知道韓國食物合不合各位的胃口呢?

A: 집에 초대해 주셔서 감사합니다 .
謝謝你邀請我來你家。

B: 한국 음식이 입에 맞을지 모르겠네 . 맛있게 먹었으면 좋겠어요 .
韓式料理不知道合不合你胃口,希望你吃得很開心。

외국인들이 잘 못 먹는 한국음식

外國人不敢吃的韓國食物

● 깻잎 (芝麻葉)

芝麻葉加上生菜是韓國人包肉時最常吃的蔬菜。有時炒菜為了增加香氣，也會放入芝麻葉，但好像很少見到敢吃芝麻葉的外國人。

● 청국장 (清麴醬)

清麴醬和味增性質差不多，但味道更濃，主要用來烹煮成清麴醬鍋。因為味道太重，外國人不怎麼喜歡。

● 산낙지 (活章魚)

不久之前認識的臺灣朋友曾說，在韓國最想吃的食物是活章魚。活生生的章魚放入嘴裡非常新鮮，但食用起來也是有點困難。活章魚對外國人而言，也是一種不太敢吃的食物。

바람피워서 결국 헤어졌대.

聽說因為劈腿，
結果分手了。

我明明有戀人卻和其他人約會，在韓國會說바람피우다（劈腿）；那麼戀人丟下我，和其他人交往時該如何說呢？這時可以說바람 맞았다（被劈腿）。希望各位都不會用到以上這些句型。

A: 요즘 진이 소식 들었어？

最近沒有小振的消息嗎？

B: 진이 여자 친구가 바람피워서 결국 헤어졌대.

聽說小振的女友劈腿，結果分手了。

헤어지는 원인
分手的原因

另一半바람을 피다（劈腿）、도박에 중독되다（賭博中毒），或者폭력적으로 변한다（逐漸出現暴力傾向）……這些都可以成為全世界通用的「分手原因」；但是，只有韓國人不能忍受的分手原因是什麼呢？正是연락 문제（聯絡問題）。

很多韓國情侶會因為연락 횟수（聯絡的次數）、연락 시기（聯絡時機）、술자리에서의 연락（喝酒的時候打電話）等問題而爭吵。例如：常使用手機的女生和不常使用手機的男生交往的話，女生可能會因為男生很慢才回覆訊息而生氣；而女生跟朋友喝酒不接電話的時候，男生則很可能因為擔心而生氣。這些分手的原因，在韓劇中也很常見吧？

칼퇴근하는 게 내 소원이야.
準時下班是我的願望。

칼퇴근하다（準時下班）指的就是퇴근시간에 정확히 퇴근하다（在規定的下班時間下班）。但在有加班文化的韓國，準時下班並不是件容易的事，可說是很多上班族的夢想。

A: 너는 소원이 뭐야?
你的願望是什麼？

B: 매일 매일 칼퇴근하는거~
希望每天準時下班～

그 남자 진짜 느끼해.
那個男生真的好油。

느끼하다（油膩）本來是常使用在食物上的單字。吃很多油或富含脂肪的食物，如起司、披薩的話會覺得膩，這感覺正是所謂「油膩」的意思。但韓國人常將此單字用於人身上，過度地想要吸引對方關注而表現出誇張表情或動作，就能形容此人給人「油膩」的感覺。

A: 어제 미팅에서 만난 남자 진짜 느끼했어.

昨天聯誼見到的男生真的好油。

B: 왜? 어땠는데? 為什麼？發生什麼事？

小百科

미팅 meeting、聯誼

如果詢問即將成為大學新鮮人的高中生們대학생이 되면 가장 하고 싶은 것이 무엇인가요?（成為大學生後最想做的事是什麼呢？）很多學生們一定會回答미팅을 해보고 싶어요.（想要嘗試 meeting。）meeting 時通常是 3 男 3 女、4 男 4 女⋯⋯男女雙方人數一致，一起玩遊戲或一起喝酒，拉近關係。很多大學生們透過 meeting 找尋男女朋友，而最近，就連上班族也開始舉辦 meeting。

권태기는 어떻게 극복해야 할까？

如何克服倦怠期？

권태기（倦怠期）是指交往一段時間過後，有段時期開始覺得厭煩或覺得對方很無聊的狀態。有一些情侶會因無法撐過倦怠期而分手，但為了使美好的關係持續發展，是不是應該更有智慧地處理彼此的關係呢？

A: 나 요즘 남자친구랑 권태기인 거 같아. 어떻게 극복해야 할까？
我最近好像和男友處於倦怠期，該如何克服呢？

B: 그 동안 잘 사겨왔으니까 권태기도 잘 이겨낼 거야.
너무 걱정 마.
那段時間都交往過來了，會戰勝倦怠期的啦。別太擔心。

권태기?

倦怠期？

以下的問卷調查中，如果有一個以上符合的話，各位必須要懷疑是否處於倦怠期了。根據調查，韓國情侶最常感到倦怠期的時機點是交往 1 ～ 2 年之間，但倦怠期不是分手的理由，而是彼此應該更努力改善關係的契機。一起克服倦怠期吧！

☐ 남자친구나 여자친구를 만나러 가는 길이 별로 설레지 않다 .

　前往見男朋友或女朋友的路上，一點都不覺得興奮。

☐ 연락 횟수가 점점 줄어든다 .

　聯絡次數漸漸變少。

☐ 기념일을 자주 까먹는다 .

　常忘記紀念日。

☐ 데이트할 때 대화가 별로 없다 .

　約會的時候沒什麼交談。

☐ 애인과 미래에 대해 이야기를 나누지 않아도 될 것 같다 .

　好像不會跟另一半談論未來。

☐ 다른 사람들이 점점 눈에 들어온다 .

　漸漸會注意到其他人。

걔네 너무 오글거려 ~

他們好肉麻～

손발이 오글거리다（手腳肉麻）常使用在어색한 상황（尷尬的狀況），或聽到지나친 애교나 느끼한 사랑표현（過度的撒嬌或油膩的示愛）時。如果你要求討厭撒嬌的韓國人裝可愛，則可能會聽到他們說나 오글거려서 못 하겠어 .（好肉麻，我辦不到。）

A: 걔네는 사람들 앞에서 애정표현이 너무 심해 .
他們在大家面前一直秀恩愛。

B: 그러니까 . 너무 오글거려 .
就是說啊，好肉麻。

떡볶이 이제 질렸어.
辣炒年糕吃膩了。

질리다（膩）是指厭煩的意思。不只對於食物，對於某話或特定的人也可以使用此句型。

우리 엄마는 공부하라는 말을 질리도록 해.
我媽一直叫我唸書，好煩。

나는 이제 그 사람한테 질렸어.
我現在對那個人感到厭煩。

A: 오늘 점심에 떡볶이 먹으러 갈래?
今天中午要不要吃辣炒年糕呀？

B: 아니 아니! 나 저번 주 내내 떡볶이 먹었더니 질렸어.
不要！我上個禮拜一直吃辣炒年糕，好膩。

눈에 콩깍지가 단단히 씌었구나.
情人眼裡出西施。

눈에 콩깍지가 씌다（眼睛被豆莢蒙蔽）是指陷入愛河的狀態，所有事物看起來都很好的時候。갓 사랑에 빠진 사람（剛陷入愛河的人）、연인에게 첫눈에 반한 사람（一見鍾情的人）、이상형을 만난 사람（和理想型交往的人），現在還是情人眼裡出西施吧？各位有陷入愛河的經驗嗎？

A: 너 남자친구는 너무 무뚝뚝한거 아니야？
妳男友是不是太木訥呀？

B: 무뚝뚝한게 아니라 남자다운거야！
不是木訥而是有男子氣概啦！

A: 진짜 콩깍지가 심하게 씌었네.
真的是情人眼裡出西施。

사랑에 빠진 사람들의 표현
墜入愛河的人使用的句型

墜入愛河的人們一定會用到的句型。如何用韓語表達呢？

● 너를 위해서라면 별까지 따다줄 수 있어 .

只要是為了你，我連星星都能摘。

● 너가 내 첫사랑이야 .

你是我的初戀。

● 영원히 너만 사랑할게 .

永遠只愛你一人。

● 사랑받으니까 예뻐지는 거 같아 .

因為愛情的滋潤，你變得更漂亮了。

● 너가 내 이상형이야 .

你是我的理想型。

雖然置身事外的人很討厭聽到這種肉麻的話，但如果有喜歡的對象，就可以自然而然對愛慕的人說出這些句子了，對吧？

우리 막내랑 띠동갑이네 ~!
和我們家老么同生肖耶～！

韓國人也會依照出生的年分，以 12 種動物쥐 , 소 , 호랑이 ,
토끼 , 용 , 뱀 , 말 , 양 , 원숭이 , 닭 , 개 , 돼지（鼠、牛、虎、兔、
龍、蛇、馬、羊、猴、雞、狗、豬）分類不同的띠（生肖）。
因此相差 12 歲的人，會有相同的生肖，這時候會說「띠동
갑」來表示生肖相同。

A: 얼마 전에 와이프가 아들을 낳았어 .

不久前我老婆生了兒子。

B: 그럼 우리집 막내가 13 살이니까 우리 막내랑 띠동갑이네 .

我們家老么 13 歲，所以和我們家老么同生肖耶！

거의 넘어갈 뻔 했어 ~!
差點被騙了～！

~할 뻔했다（差點~）是指
實際上沒有成功，但某種行
為可能性很大的意思。넘어갈
뻔하다（差點被騙了）有實際
上沒有真的相信，但相信的
可能性很大的意思。

잠들 뻔 했어 . 差點睡著了。

넘어질 뻔 했어 . 差點被騙了。

합격 못 할 뻔 했어 . 差點不及格。

A: 쟤는 어떻게 저렇게 농담을 진담처럼 할까 ?

他怎麼可以開玩笑開得那麼真呢？

B: 그러니까 . 거의 넘어갈 뻔 했어 .

就是說呀！差點被騙了！

小百科　**만우절　愚人節**

거짓말을 마음껏 할 수 있는 하루（可以隨意說謊的一天）！
4 月 1 日！거짓말데이（謊言之日）！韓國人如何渡過愚人
節呢？對暗戀很久的人假裝開玩笑地真的告白，或是大學生
穿著制服上學去。至於中學生最常開的玩笑，不外乎躲到另
一班，或將書桌反放，跟老師開玩笑。

말 놓으세요 .
請別說敬語。

在重視 나이 문화（年紀文化）的韓國，向比自己年長的人
表示「請他說半語」時會說 말 놓으세요 .（請別說敬語。）
若想和長輩們更親近些，先說出這句話是很重要的，有時
也可以說 말 편하게 하세요 .（請自在地說話吧。）

A: 안녕하세요 . 또 뵙네요 ~

您好，又見面了～

B: 잘 지내셨어요 ? 앞으로 자주 뵐 텐데 , 말 놓으세요 !

您過得好嗎？以後還會很常見面，請別說敬語！

어른들께 자주 쓰는 존댓말
經常對長輩使用的敬語

● 밥 먹어 . ☞ 진지 드세요 .

吃飯囉。 ☞ 請用膳。

진지（膳）是「飯」的敬語；드시다（用餐）是「吃」

的敬語。

● 밥 먹었어 ? ☞ 진지 드셨어요 ?

吃飯沒？ ☞ 用完膳了嗎？

● 몇 살이야 ? ☞ 연세가 어떻게 되세요 ?

你幾歲呀？ ☞ 請問您貴庚呢？

● 아빠 ☞ 아버지

爸爸 ☞ 父親

● 엄마 ☞ 어머니

媽媽 ☞ 母親

삐지지마.
別生氣。

삐지다（生氣）這個字代表有點不悅、鬧彆扭，但還不到發怒的程度，只是有點傷心的狀態。친한 친구가 내 생일을 까먹었다（好朋友忘了我的生日）、남자친구가 다른 여자와 친하게 지낼 때（男友和其他女生要好的時候）……遇到這些情況時，應該就很想삐지다，對吧？

A: 너 어제 나빼고 애들이랑 피자먹으러 갔다며？
聽說你昨天丟下我，和孩子們去吃披薩了？

B: 전화하려고 하긴 했는데 ... 삐졌어？삐지지마 .
我本來想打電話給你的……生氣囉？別生氣。

어이가 없네.

無言。

어이가 없다（無言）表示情況太不像話，在毫無預期之下發生讓人說不出話的情況，只有在否定的狀況下才會使用此句型，也可以說어처구니가 없다（荒唐）。

A: 너 남자친구 지금 클럽에 있는 거 같아.

你男友現在好像在夜店。

B: 뭐? 잔다고 하더니. 어이가 없네.

什麼？他跟我說睡了……無言。

책에는 있지만 ,
말하기에 쓰지 않는 표현

教科書上有，但口語上不會用的句型

韓國人初次見面這樣說……

만나서 반갑습니다 .
很高興認識您。

안녕하세요 .
您好。

韓國人和其他人第一次見面的時候會如何打招呼呢？各位在教科書中所學到的만나서 반갑습니다 .（很高興認識您。）만나서 기쁩니다 .（很開心見到您。）等誇張形式上的句型，一般場合其實不常使用。兩個人初次見面時，會以안녕하세요（您好。）성함이 어떻게 되세요？（請問尊姓大名呢？）來互相問候。有時候慈祥的長輩會對晚輩說반가워요 .（很開心見到你。）在很多人面前打招呼的時候，可以說안녕하세요, 저는 XX 입니다 . 반갑습니다 .（大家好，我叫 XX，很開心見到大家。）

⚠ 韓國人這樣表達具否定意味的理由……

늦게 온 탓에 기차를 놓쳤어요.
因為遲到，所以錯過火車了。

늦게 와서 기차를 놓쳤어요.
因為遲到，所以錯過火車了。

從書中學到～탓에（因為～）用在指出否定理由的時候，對吧？但比起늦게 온 탓에（因為晚來）、지각한 탓에（由於遲到的緣故），韓國人比較常說늦게 와서（因為遲到來晚了）、지각해서（因為遲到）等句型。除非在以下情況，才會使用탓（錯）這個字，例如：남 탓 좀 그만해.（不要再怪別人了。）선생님 탓 하지 말고, 앞으로 더 열심히 해.（不要怪老師，以後要更努力。）

小百科

한국의 교통수단　韓國的交通方式

韓國是小國家，為了克服交通壅塞，因此具備了非常方便的交通工具系統。首爾地鐵概括以首爾為中心的 1～9 號線，連結首爾周圍的분당선（盆唐線）、경의선（京義線）、경춘선（京春線）、공항철도（空港鐵道）、인천선（仁川線）等。另外，搭乘公車也非常方便，透過 app 或候車亭的看板，不僅可以知道路線圖，還可以知道公車預計抵達的時間。

韓國人這樣表達目的······

통장을 만들고 싶어요.
我想開戶。

통장 만들려고 왔는데요～
我是來開戶的～

去銀行時說통장을 만들고 싶어요. (我想開戶。) 這句話雖然文法正確，但會讓人明顯感覺到你是外國人。以통장 만들려고 왔는데요～ (我是來開戶的～) 來表達會更為自然。教科書上，目的語後面一定

會加「을／를」，但其實韓國人在生活中對話時，常常省略助詞。

小百科　**한국 돈　韓幣**

大韓民國的紙幣單位是원（韓圜）。1000 韓圜大概是臺幣 27 元左右。硬幣有 10 圜、100 圜、500 圜，紙鈔有 1000 圜、5000 圜、10000 圜、50000 圜。硬幣上刻有象徵韓國的花紋或遺產，紙幣上則印有偉人們的圖案。

⚠️ 韓國人這樣說「不好意思」……

실례합니다. 😟
抱歉／失禮了。

바쁘신데 죄송하지만～ 😊
不好意思打擾了～

其實，韓國人不常使用실례합니다這句話，想拜託對方或跟對方交談時，用저기 죄송한데～（那個，不好意思～）或바쁘신데 죄송하지만～（不好意思打擾了～）來表現會更為自然。

천만에요！ :(
不客氣！

아닙니다 . ∕ 아니에요 . :)
別這麼說。∕ 不會。

韓國人說고마워 .（謝啦。）감사합니다 .（謝謝。）的時候，
該如何回應呢？以천만에요 .（不客氣。）來回應的話，一
定會馬上被發現是從書上學的。其實韓國人並不會說천만
에요，而是會以아닙니다 .（別這麼說。）아니에요 .（不會。）
來回應。

⚠ 韓國人這樣描敘「同歲」……

그녀는 저와 동갑입니다.
那個女生和我年紀相同。

저는 그 친구와 동갑이에요.
我和那位朋友年紀相同。

동갑（同甲）是指年紀相同的時候所使用的單字。從書上學到的是그녀와 저는 동갑입니다.（那個女生和我年紀相同。）그녀는 저와 동갑입니다（那個女生和我同歲。）對吧？但在日常生活中聽到的話，會覺得這個句型非常奇怪。韓國人並不常使用그녀這個詞，而是以저는 그 친구와 동갑이에요.（我和那位朋友年紀相同。）저는 그 여자 분과 동갑이에요.（我跟那位女生同年齡。）來表達會比較自然。

韓國人這樣問候他人……

오늘 기분이 어떠세요 ?

今天心情如何？

밥 먹었어 ?

吃過飯了沒？

韓國人面對每天見面的同事或朋友、同學時，若以오늘 기분이 어떠세요來詢問心情，藉此打招呼的方式會讓人覺得很尷尬。因此，想問人心情如何時，主要還是會以밥 먹었어？（吃過飯了沒？）或점심 맛있게 드셨어요？（吃過中餐了嗎？）等問句來表達關心。

⚠ 韓國人這樣詢問方法……

한국어 공부는 어떻게 하지요 ?
該如何學習韓語呢？

한국어 공부는 어떻게 하면 좋을까요 ?
如何學習韓語會比較好呢？

通常韓國人不常使用「어떻게 하지요？」以及「～지요？」的句型。用한국어 공부는 어떻게 하면 좋을까요？（如何學習韓語會比較好呢？）或한국어 공부는 어떻게 하면 될까요？（如何學習韓語呢？）等句型來表現，會更為自然。

韓國人這樣稱讚他人美麗……

참 예쁘구나! 아름답구나!

真漂亮！好美麗呀！

진짜 예쁘다～

真漂亮～

表達感歎的時候，學到的文
法是～구나（～呀）對吧？
可以說김연아 선수 정말 멋
지구나！（金妍兒選手真的
好厲害呀！）但是其實在現
實生活中幾乎沒有人會這樣
說！아름답다（美麗）這個

單字也不常被用到。比起매우 아름답구나．（非常美麗呀。）
使用진짜 예쁘다～（真漂亮～）更為自然。

성형 整型

韓國的整型技術是得到全世界認證的。如果去整型診所的聚
集地，不僅會看到韓國人，還可以看到很多外國人，聽說近
年來為了整型而造訪韓國的外國人越來越多了。許多整型診
所為了招攬外國客人，甚至還提供外語服務。整型風潮真的
很厲害吧！不過愛美的同時，也有許多人過度整型，到了著
魔程度才後悔，可就來不及了。

⚠ 韓國人這樣說「帥氣」……

우리 오빠는 멋집니다 . ☹
我哥哥很帥氣。

우리 오빠 멋있지 ? ☺
我哥哥很帥吧？

韓國人很常使用멋지다（帥氣）這個詞嗎？比起우리 오빠 멋지지？（我哥很帥氣對吧？）和우리 선생님 멋지시지？（我們老師很帥氣對吧？）韓國人其實更常使用멋있다（帥）這個詞。學習韓語的臺灣朋友們，你們真的很帥哦！

남자들에게 많이 하는 칭찬
對男生說的讚美

●자상하다 : 다른 사람들을 잘 챙겨주고 , 따뜻하게 대해
주는 사람 .

溫柔體貼的：無微不至照顧身邊的人，令人覺得溫暖的人。

●든든하다 : 언제나 나를 잘 보호해주고 , 의지할 수 있
는 사람 .

可靠踏實的：無論何時都可以保護我，且值得依靠的人。

●잘생겼다 : 인상이 좋고 얼굴 생김새가 멋있는 사람 .

長得好看的：給人好印象，且五官好看的人。

●지적이다 : 관련 분야에 아는 것이 많고 , 똑똑한 사람 .

有知識的：對於相關領域懂得很多，且聰明的人。

●운동 잘한다 , 요즘 운동해 ? 남자들은 운동신경 , 운
동 결 과에 대한 칭찬을 받으면 인정받은 느낌이 든다
고 하네요 .

你好會運動、最近有運動嗎？對於男生運動神經或運動結
果給予稱讚，會使男生有種被肯定的感覺。

⚠ 韓國人這樣表達自我意願……

나는 비빔밥을 먹겠어 , 넌 ?
我要吃韓式拌飯，你呢？

나는 비빔밥 먹을래 , 넌 ?
我要吃韓式拌飯，你呢？

나는 열심히 공부를 하겠어! （我要認真唸書）、나는 예뻐지 겠어! （我要變漂亮）等나는~겠어! （我要~！）句型，如果用在日常對話中，聽起來會有點奇怪，感覺好像漫畫主角說話的方式。因此會以나는 비빔밥 먹을래, 넌? （我想要吃韓式拌飯，你呢？）或나는 비빔밥, 넌? （我要韓式拌飯，你呢？）來表達。

밥으로 만드는 한국음식

用飯來製作的韓國料理

韓國人一日三餐中，很多人每餐都吃米飯，甚至有的韓國人會說밥심（밥을 먹고 생긴 힘）으로 산다（靠吃米飯的力氣才能過活）。

以下各種飯料理，你吃過幾樣呢？

●비빔밥 : 나물들을 고추장과 비벼 만든 밥 .

  韓式拌飯：用各種菜和辣椒醬攪拌做成的飯。

●볶음밥 : 야채와 밥을 함께 볶아 만든 밥 .

  炒飯：蔬菜和飯一起拌炒出來的飯。

●덮밥 : 야채나 고기를 위에 올려 먹는 밥 .

  蓋飯：指將蔬菜或肉覆蓋在飯上面。

●국밥 : 고기로 육수를 낸 국물에 말아먹는 밥 .

  湯飯：將飯泡在用肉熬煮成的肉汁中一起吃。

⚠ 韓國人這樣借東西 Part 1……

보조배터리를
빌려주시겠습니까?
可以借我行動電源嗎？

보조배터리 좀 빌릴 수 있을까요？
可以借我行動電源嗎？

韓國人在日常生活對話的時候，並不常使用教科書中常出現的～니까，而是會說보조배터리 좀 빌릴 수 있을까요／보조배터리 빌려주실 수 있으세요？（可以借我行動電源嗎？）

小百科

한국인과 스마트폰　韓國人和智慧型手機

在韓國搭地鐵的時候最常看到的景象是什麼呢？就是스마트폰을 사용하고 있는 사람들（正在使用手機的人們），一定有超過一半的人正在低頭滑手機。因為韓國是手機強國，且無論到哪都有便利的 Wi-Fi 可以使用。不過人們過度使用手機，這也很令人擔憂呢！

韓國人這樣借東西 Part2⋯⋯

노트북을 빌려줄 수 있어요？
可以借我筆電嗎？

노트북 좀 빌릴 수 있을까요？
可以借我一下筆電嗎？

外國人在寫文章的時候，常使用노트북을 빌려줄 수 있어요？
（可以借我筆電嗎？）和～할 수 있어요？（可以～嗎？）
的句型，但口語表達的時候，聽起來會很奇怪。在日常對
話中，改為노트북 좀 빌릴 수 있을까요？（可以借我一下筆
電嗎？）노트북 좀 빌려주실 수 있으세요！（方便借我一下
筆電嗎？）省略助詞聽起來會更加自然。

⚠ 韓國人這樣詢問他人空檔……

주말에 시간이 있어요 ?
週末有空嗎？

주말에 시간되세요 ?
週末有時間嗎？

承接前一句노트북을 빌려줄 수 있어요 ?（可以借我筆電嗎？）
將주말에 시간이 있어요 ?（週末有空嗎？）改成自然一點的說
法，應該怎麼說呢？可以用주말에 시간되세요 ?（週末有時間
嗎？）或주말에 시간 있으세요 ?（週末有空嗎？）來表達。

韓國人這樣表達期望……

나는 너가 공부를 열심히 하기를 기대해 .

我期待你會用功。

나는 너가 공부를 열심히 했으면 좋겠어 .

要是你能用功就好了。

너가 ～하기를 기대해 . （我期待你～）或너가 ～하기를 희망해 . （我希望你～）等期望對方某種行為的句型，在口語表達上，聽起來有點奇怪。改成나는 너가 공부를 열심히 했으면 좋겠어 . （要是你能用功就好了。）或나는 열심히 공부하길 바래 . （我希望你可以用功。）等說法吧！

⚠ 韓國人這樣表達否定 Part1……

아니요 , 그렇지 않습니다 . ☹

不，不是那樣的。

아니요 . ☺

不。

針對疑問句做出否定回答時，不會在後面加그렇지 않습니다 . （不是那樣的。）這個句子。使用아니요 , 저는 ～라고 생각해요 . （不，我覺得～）아니요 , 저는 괜찮습니다 . （不，我沒事。）或아니요 , 저는 한국인이 아니에요 . （不，我不是韓國人。）等句型來回答即可。

韓國人這樣表達否定 Part2……

저／나는 배가 고프지 않습니다 .
我肚子不餓。

아니요 , 괜찮아요 .
不，我還好。

某人問배고프세요？（您肚子餓嗎？） 的時候，該如何回答呢？如果在一般日常對話中，使用文章裡的句型來回答저는 배가 고프지 않습니다 .（我肚子不餓。）可能會有點奇怪。韓國人通常會說아니요 , 괜찮아요 .（不，還好。） 或네 , 좀배고프네요 .（是的，有點餓。） 來回答。

⚠ 韓國人這樣表達原因 Part1……

그런데 제가 몸이 안 좋아서 못 갈 수도 있어요 .

但是我不太舒服，可能無法去。

근데 제가 몸이 안 좋은 상황이라 , 못 갈 것 같아요 .

但是我不太舒服，可能無法去。

前後文內容相反時，可以使用그런데（但是）。不過比起그런데 제가 감기에 걸려서 못 갈 것 같아요 .（但是我感冒了，可能無法去。）或그런데 제가 몸이 안 좋아서 못 갈 수도 있어요 .（但是我不舒服，可能無法去。）將開頭的그런데改成근데，使用근데 제가 ～한 상황이라 , ～것 같아요 .（可是我在～的狀況下，可能～）的句型，聽起來更為自然。

韓國人這樣表達原因 Part 2……

제가 지각을 했기 때문에 선생님이 화가 나셨습니다 .

因為我遲到了，所以老師生氣了。

제가 지각을 해서 선생님이 화나셨어요 .

我遲到，因此老師生氣了。

在教科書上學習如何表達原因和理由時，會使用～때문에（因為～）這個句型對吧？因此很多韓語學習書在對話的時候常常使用此句型。但韓國人在日常對話中反而只會簡單地使用～해서（～因此）這個文法，例如：제가 지각을 해서 선생님이 화나셨어요 .（我遲到，因此老師生氣了。）聽起來更為自然。

⚠ 韓國人這樣表達事件順序⋯⋯

이사한 후에 감기에 걸렸어요.
搬家之後感冒了。

이사하고 나서 감기에 걸린 것 같아요.
搬家完後好像感冒了。

敘述事件的順序時,在書上學到的用法是～후에(～之後)對吧?例如:밥 먹은 후에 다 같이 출발합시다.(吃完飯後大家一起出發吧。)主要用於正式的活動或聚餐場合,在很多人面前說話的時候比較常使用這個文法。日常對話時則比較常使用～하고 나서(做完～後),例如:이사하고 나서 감기에 걸린 것 같아요.(搬家完後好像感冒了。)밥 먹고 나서 노래방가자.(吃完飯後去唱KTV吧。)這樣表現會更加自然。

小百科 **환절기 換季**

韓國存在著春(大約3～5月)、夏(大約6～8月)、秋(大約9～11月)、冬(大約12～2月)四個季節,季節轉換的時候稱為환절기(換季)。季節變換的時候,體溫也會隨著季節變換而轉變,但因為日夜溫差大或無法適應突然變冷的天氣,許多人因此容易在換季時感冒。

牛刀小試

選出韓國人常用的、較為自然的表達方法。

01
A : 선생님 , 감사합니다 .
B : _____

①천만에요 !　　　②아닙니다 .

02
A : 배고프지요 ?　우리 짜장면 시켜 먹을까요 ?
B : _____

①아니요 , 괜찮아요 .　　　②저는 배가 고프지 않습니다 .

03
A : 오늘 밤 같이 클럽에 가자 !
B : 안 돼요 . 저는 _____ 집에서 좀 쉬어야겠다 .

①이사한 후에 감기에 걸렸어요 .
②이사하고 나서 감기에 걸린 것 같아요 .

04
A : _____ 같이 영화 보러 가요 .
B : 근데 제가 선약이 있어서 못 갈 것 같아요 .

①주말에 시간되세요 ?　　　②주말에 시간이 있어요 ?

05
A : 왜 택시 타고 왔어요 ?
B : _____

①늦게 가서 버스를 놓쳤어요 .
②늦게 간 탓에 버스를 놓쳤어요 .

解答 : 1. ② 2. ① 3. ② 4. ① 5. ①

Part **3**

한국인들의 말 알아듣기!

聽懂韓國人在說蝦米！

10 ~ 20 대가
자주 쓰는 신조어

年輕人常用的新造詞

인생드라마
人生電視劇

인생신발（人生鞋）、인생화장품（人生化妝品）、인생영화（人生電影）、인생 XXX（人生 XXX）……加入인생的單字到底是什麼意思呢？代表「我此生中最愛的、最棒的某種東西」。希望各位可以說學習韓語是各位的인생 공부（人生學習）呀！

A: 어제 내 인생드라마가 끝났어 . ㅠㅠ

我人生電視劇昨天完結篇了。嗚嗚

B: 너 드라마 보는 낙에 살았는데 어쩌냐 ~

靠電視劇而活的你該怎麼辦呢～

심쿵하다 心動

심쿵하다（心動）是指心臟が쿵하다（心臟撲通撲通的跳），發生讓人忐忑或興奮的事時，可以用這個字表達情緒。

A: 어제 남자친구가 날 위해서 케잌을 만들어 줬어.
昨天我男友為了我
做了一個蛋糕。

B: 진짜? 너 엄청 심쿵했겠다.
真的嗎？你一定
非常心動吧。

小百科

심쿵 유발 행동　誘發心動的行為

韓國男性和女性所票選出的「誘發異性心動的行為」有哪些呢～？

很多韓國男性對長髮女生有幻想，因此在女生撥長髮的時候會有心動的感覺。再者，看到對自己的談話很有反應的女生，或笑起來漂亮的女生也有心動的感覺；反之，很多韓國女性看到男生專注投入工作的時候，會覺得很有魅力，看著他們專心的模樣覺得很性感。其次，有禮貌或注重外表的男生也會令人感到心動。各位，什麼樣的異性會讓你感到心動呢？

엄카 媽卡

엄카（媽卡）是엄마 카드（媽媽卡片）的縮寫。過度地使用媽卡，會養成不好的習慣吧？

A: 야 오늘 저녁은 내가 다 쏠게！

嘿，今晚晚餐我請客！

B: 너 어제 알바 잘렸다며 , 무슨 돈이 있다고 ?

聽說你昨天被打工的地方炒魷魚了，哪來的錢呀？

A: 엄카 가져 옴ㅎㅎ

我帶了媽卡，呵呵

쌩얼 素顏

쌩얼（素顏）是指沒有塗抹化妝品的臉蛋，也稱作맨얼굴（裸臉）。常用的例句有：

나 지금 쌩얼이야　我現在素顏欸。

쌩얼인 척 하지 마 .　不要假裝素顏。

A: 야 뭐해 ? 치맥먹으러 나갈래 ?

在幹嘛？要不要去吃炸雞配啤酒？

B: 아니 나 쌩얼이라 못나가 .

不要，我現在素顏無法出門。

최애　最愛

최애（最愛）是최고＋애（사랑한다）（最棒＋愛）的結合。
常用的有최애 아이템（最愛的物件）、최애 드라마（最愛的
電視劇）等，可搭配各種不同字詞。第二順位喜愛的稱作
차애（次愛）。

A: 나 최애 연예인 바꿨어!
我最愛的明星變了！

B: 또 바꿨어?
又換？

세젤예／세젤귀
世最美／世最可

세젤예 = 세상에서 제일 예쁘다（世最美 = 世界上最美麗）、

세젤귀 = 세상에서 제일 귀엽다（世最可 = 世界上最可愛）、

세젤멋 = 세상에서 제일 멋있다（世最帥 = 世界上最帥氣）

能夠聽到這些讚美，應該是世界上最幸福的吧？

A: 너 오늘 왜 이렇게 기분 좋아?

你今天心情怎麼那麼好？

B: 사실 어제 여자친구 생겼는데, 진짜 세젤귀야.

老實說我昨天交女友了，我女友真的是世最可。

어깨 깡패 肩膀流氓

어깨 깡패（肩膀流氓）是指肩膀寬大、寬厚的人。為了要成為肩膀流氓，有些男生會在衣服裡面塞패드（墊肩）。

A: 와 ... 내가 이 배우 왜 좋아하는지 알아？
哇……你知道為什麼我會喜歡這演員嗎？

B: 어깨 깡패라서？
因為他是肩膀流氓嗎？

남사친／여사친
男的朋友／女的朋友

남사친＝남자 사람 친구（男的朋友＝男性友人）、여사친＝여자 사람 친구（女的朋友＝女性友人），說明不是戀人關係的異性朋友時，會在中間加個사，代表사람（人）。不過，남친、여친指的就是男朋友、女朋友囉，小心不要用錯了。

A: 너 요즘 외로워 보인다 ? 你最近看起來很寂寞？

B: 완전 외로워 . 너 여사친 많잖아 . 스개 좀 시켜줘
非常寂寞，你不是有很多女的朋友嗎，幫我介紹一下啦。

小百科

어장관리　漁場管理

어장（漁場）是可以捕魚的地方，而漁場管理指的是將數名異性朋友放到自己的漁場，即是讓異性朋友們覺得彼此有成為情侶的機會；實際上沒有正式交往但會出去約會，保持熱絡的關係。因此某些人會在網路上說出自己的煩惱，제가 어장관리를 당하고 있는 것인가요 ?（我是不是被漁場管理了？）漁場管理的情況也常發生在男的朋友、女的朋友之間，各位要小心！

츤데레 外冷內熱

츤데레（外冷內熱）是指外表看起來毫不關心，但實際上比任何人都有人情味的人。有著外冷內熱個性的男人，常常讓女生傾心。

A: 내 친구는 맨날 투덜대면서도 다 챙겨줘 .
我朋友雖然每天都抱怨，但還是很照顧我。

B: 완전 츤데레 스타일이구나 .
完全是外冷內熱呀！

사랑꾼　專情人

한 사람만을 오래동안 사랑해주는 사람（持久地愛著同一人的人）、늘 사랑을 표현하는 사람（經常表現愛意的人），或是멋진 이벤트를 해주는 사람（為對方準備驚喜的人），都可以使用사랑꾼（專情人）來形容。不管是遇到專情人男友或是專情人女友，應該都很幸福吧？

A: 여자친구 줄 선물 사러 가려고 .

我想要去買女友的禮物。

B: 사랑꾼이야 정말 , 너 같은 남자친구있으면 좋겠디

你真的是專情人呀，如果有像你一樣的男友就好了～

밀당　欲擒故縱

專情人無論在何時何地，都會為了另一半而努力展現愛意；而和專情人相反的是為了讓關係緊張而欲擒故縱的人。어제까지 잘해주다가 갑자기 차갑게 대하다（明明到昨天還很溫柔但突然冷漠待人）或是어제는 무관심해보였는데 오늘따라 사랑 표현을 하다（昨天明明漠不關心但今天卻格外展現愛意），這種行為就稱做밀당（欲擒故縱）！根據戀愛專家的說法，戀愛中的欲擒故縱，某些程度是必要的！

과즙상 果汁相

과즙（果汁）是指壓榨水果後流出的汁液，加上意指臉蛋的相（相），組合起來的과즙상（果汁相）指的是신선한 과일처럼 상큼하고 귀여운 얼굴（像水果一樣新鮮的可愛臉蛋）。尤其常用來稱「像水蜜桃或草莓的臉蛋」。

A: 나는 웃는 모습이 예쁜 사람이 되고 싶어 .
我想成為笑起來很漂亮的人。

B: 과즙상 연예인들처럼 ?
像果汁相的明星一樣？

답정너
已經有答案，
只要回答就好

답정너的意思是답은 정해져 있으니 너는 대답만 해（答案已經決定好了，你只要回答就好。）例如老闆問오늘 야근할 수 있죠?（今晚可以加班吧?）或女友問내가 예뻐, 아님 쟤가 예뻐?（我漂亮還是她漂亮?）的時候，我們就知道對方已經有想聽的答案，而我們只要回答就好了。

A: 사람들이 나보고 안젤리나 졸리 닮았다는데 ...
每個人看到我都說我像安潔莉娜裘莉……

B:(답정너구나…) 그…그치 . 진짜 닮은 거 같아 !
（已經有答案，只要回答就好……）
對……對呀，真的好像唷！

복붙 複貼

복붙（複貼）是복사＋붙여넣기（複製＋貼上）的縮寫，日常對話中也可以直接說 ctrl c ＋ ctrl v，藉電腦上常用的鍵盤來表達。但是複貼作業或論文被發現的話，後果應該非常嚴重吧？

A: 와 !! 드디어 숙제 끝냈어 . 5 시간이나 걸렸네 .

哇！！終於寫完作業了，我花了 5 個小時欸。

B: 네꺼 복붙하고 싶다 진심으로 ...

我真心想把你的複貼……

근자감 根自感

근자감（根自感）是指근거 없는 자신감（沒有根據的自信感），可以用在沒來由地充滿自信的人身上。但有時候根自感也可能會成為真正的自信吧？我們偶爾也帶點根自感吧！

A: 나 이번 시험에서 왠지 1 등할 것 같아 .

不知道為何這次考試我好像會第一名。

B: 어디서 나오는 근자감인지 ...

哪來的根自感呀……

딸바보 女兒笨蛋

누군가의 바보（某某的笨蛋）指的是對某人誇張喜愛，或對某人完全著迷的人。常用的有아들바보（兒子笨蛋）、딸바보（女兒笨蛋）、조카바보（姪子笨蛋）。

A: 우리 딸은 진짜 천재인거 같아 . 벌써 말을 해 .
我女兒好像是天才耶，已經會說話了。

B: 너 딸 낳더니 딸바보 다되었구나 .
你生女兒後已經完全成為女兒笨蛋了。

먹방 , 눕방
吃播、躺播

먹방（吃播）是指먹는 방송（跟吃有關的節目）。看著節目裡的人吃東西吃得很美味或吃著很多美食，就能帶給觀眾歡樂。在吃的節目之後，甚至還出現了躺著做節目的눕방（躺播）。

A: 저렇게 날씬한 몸으로 라면을 10 개를 먹네 .

那麼纖細的身材，竟然吃了 10 碗泡麵。

B: 먹방보고 있구나 ? 原來你在看吃播？

小百科

먹방　吃播

各位是否曾經透過 youtube 或 afreeca tv 觀看時下正夯的吃播呢？雖然有單純地介紹美食的節目，但挑戰吃完치킨 5 마리（5 隻炸雞）、밥 8 공기（8 碗飯）、라면 10 개（10 碗泡麵）、만둣국 10 인분（10 人份的餃子湯）等，獨自一人絕對無法吃完分量的吃播也很夯。

상남자 男子漢

상남자（男子漢）指的是두려움이 없는 남자（無懼的男人）、남성미 넘치는 카리스마가 있는 남자（充滿男性美且有魅力的男人），對喜歡撒嬌或可愛的男生，不會用這個字形容他們。此外，當我們說너무 거친 남자（太魯莽的男人）時帶有負面意思，但如果用來形容근육질의 몸매를 가졌거나성격이 남자다운 멋있는 사람（擁有健美身材或充滿男子氣概的人）時，這個詞就成了讚美。

A: 너 좋아하는 애한테 어떻게 고백하게 ?
你要怎麼跟喜歡的人告白呀？

B: 상남자답게 떨지 않고 고백해야지 !
當然要像個男子漢，毫不緊張的告白呀！

열일한다
太認真工作

열일한다（太認真工作）指的是열심히 일한다（非常認真工作）的意思。可以說너무 열일해서 피곤해 죽겠어 .（太認真工作，都快累死了。）另外，미모가 열일한다（美貌認真），則是用來形容臉蛋太漂亮或是讚美別人長得非常漂亮。

A: 열일하느라 점심도 못 먹고 굶었어 . ㅠㅠ

太認真工作連中餐都沒吃。嗚嗚

B: 너희 회사는 왜 맨날 사람들을 굶기냐 .

你們公司怎麼每天都讓人餓肚子。

걸크러쉬／걸크
女性魅力

걸크러쉬（Girl crush）是形容女生仰慕女生，或女生使另一個女生心動時使用的詞。如果某位女性통이 큰 행동을 하다（慷慨大方）、문제를 해결해 주다（幫你解決問題），或是존경스러운 행동을 할 때（做了令人尊敬的行為時），我們就能感受到 Girl crush，對吧？

A: 야 오늘은 언니가 다 사줄게 , 마음껏 골라 .

嘿，今天姐姐請客，盡情地挑吧。

B: 와 언니 걸크 !!!

哇，姐姐好有魅力！！！

뇌섹녀／뇌섹남
腦性女／腦性男

뇌섹녀 : 뇌가 섹시한 여자 (腦性女：聰明的女生)

뇌섹남 : 뇌가 섹시한 남자 (腦性男：聰明的男生)

뇌가 섹시하다 (腦袋很性感) 指的是很聰明的意思。看到很
會解答問題或很有常識的人時，可以用這個詞稱讚他。

A: 우리 언니 이번 수학 전국 대회에서 대상 받았어 .

我姐這次在全國數學比賽中得到大獎。

B: 와 너희 언니 진짜 뇌섹녀다 !

哇，你姐真的是腦性女耶！

케바케 因人而異

케바케是 case by case 的縮寫，代表不是每個人都適用的
情況下，因人而異的意思。

例句：그건 사람마다 케바케지~ 那個是因人而異的～

A: 이 화장품이 그렇게 피부에 좋다는데 , 사볼까 ?
聽說這個化妝品對皮膚很好，要不要買看看？

B: 화장품은 다 케비케아 .
化妝品都是因人而異的啦！

한국 사회와 문화를 엿볼 수 있는 신조어

與韓國社會文化有關的新造詞

탈스펙 不看履歷

就業困難的韓國年輕人為了找工作，必須要累積영어 성적（英語成績）、학점（GPA）、인턴（實習）……多樣的履歷。政府為了解決競爭太激烈的狀況，因此倡導스펙을 보지 않고 직원을 채용하는 제도（不看履歷任用的制度）。但有多少效果就不得而知了。

(신문기사) 최근 정부는 탈스펙 채용을 강조해 ...

（新聞報導）最近政府強調用人不看履歷……

小百科

취업 스펙　就業履歷

韓國企業要求求職者토익（多益）分數 700 分以上，但擁有多益 900 分的人很多；要求학점（GPA）3.0 以上，而超過 4.0 的人也很多。擁有어학연수（語言研修）或교환학생（交換學生）經驗的人也非常多，但現實是就算擁有了完美履歷，就業時也會面臨很大的困難。

혼밥 , 혼술 , 혼영족
獨飯、獨酒、獨影族

혼밥족 : 혼자 밥을 먹는 사람들 　獨飯族：獨自吃飯的人們

혼술족 : 혼자 술을 먹는 사람들 　獨酒族：獨自喝酒的人們

혼영족 : 혼자 영화보는 사람들 　獨影族：獨自看電影的人們

這些新造詞，呈現了韓國越來越多人享受一人生活的型態。

> **(신문기사) 최근 혼밥족들을 위한 다양한 편의점 식품들이 증가하고 있습니다 . 1 인용 샐러드 , 1 인용 과일 , 다양한 도시락 종류에 , 최근엔 1 인용 삼겹살까지 판매되고 있다고 합니다 .**

（新聞報導） 最近，便利商店為了獨飯族而增加多樣化的商品。1 人份沙拉、1 人份水果及各式各樣的便當種類，甚至近日還有販賣 1 人份的五花肉。

혼밥 식당／혼술 술집

獨飯餐廳／獨酒酒館

‧ ‧ ‧ ‧ ‧ ‧ ‧ ‧ ‧ ‧ ‧

1인 보쌈집（1個人的生菜包肉店）、개인 테이블마다 TV가 설치된 식당（每張單人桌都設有電視的餐廳）、독서실 칸막이 좌석을 배치해 놓은 식당（設有讀書室隔間座位的餐廳）等，獨飯餐廳越來越多樣化。不只有吃飯，最近獨自一人就能享受喝酒的酒館數量也正在增加中，可以說是一種趨勢。想自己思考的時候，或想獨處的時候，造訪這些店好像也不錯。

입덕 , 휴덕 , 탈덕
入粉、休粉、脫粉

在有很多人氣女團、男團的韓國,當然有很多和偶像相關的單字!덕질(追星)是덕후질(追星行為)的縮寫,意指帶有熱情地在自己喜愛的領域做出的所有行為。很多人不只蒐集喜愛對象的照片或影片,甚至粉絲之間還會交流情報⋯⋯要說明自己成為某人的粉絲時,常用的句子就是나 오늘 입덕했어 .(我今天入粉了。)

입덕 : 덕질을 시작하다

入粉:開始成為粉絲

휴덕 : 덕질을 잠시 쉬다

休粉:暫時休息的粉絲

탈덕 : 덕질을 그만두다

脫粉:停止追星

小百科

아이돌 팬덤　偶像粉絲團

從 1996 年的 HOT 開始,韓國正式開始了보이그룹(男團)、걸그룹(女團)文化。從那之後,造就了像 GOD、東方神起、少女時代、Bigbang、EXO、防彈少年團等世界級的偶像團體。韓國有很多偶像歌手,而每位歌手的粉絲團當然也是不容小覷。每個粉絲團不僅有自己一套的응원 방법(加油方式)、응원 도구(加油道具),還有固有的팬덤 문화(粉絲團自己的傳統文化)。各位是哪一位偶像的粉絲呢?

워라밸
工作生活均衡

워라밸（工作生活均衡）是英文 work and life balance 的縮寫。
身處經常加班的韓國，上班族們最想要的是工作與個人生活的
調和。

> **(설문조사 결과표 그림) 직장인를이 회사에서 가장 원하는
> 1 위는 ? 워라밸 !**
> （問卷結果圖）上班族最想要的是 ? 工作生活均衡 !

금수저／흙수저
富二代／窮二代

금수저（富二代）是指部有的 집안에서 태어난 사람（在富裕家庭出生的人），흙수저（窮二代）是指부裕的 집안에서 태어난 사람（在不富裕的家庭出生的人），暗指如果沒有繼承父母財產就很難成功，帶有悲傷的含義。可是，這個社會應該最重視個人的努力不是嗎？

(sns 포스팅 - 여행 사진 업로드) re: 금수저인가봐 ...
（某人在社群網站上傳旅行照片）回覆：可能是富二代吧……

명절증후군
節日症候群

명절 증후군（節日症候群）不是真的生病，而是指因為節日讓人身心倍感壓力的意思。至今，許多家庭還是有「媳婦必須張羅節日所需的食物」這種觀念，因此讓很多女性倍感壓力。오랜 시간 운전해야 하는 남성（必須長時間開車的男性）、친척들에게 받기 싫은 질문을 받아야 하는 사람（要面對親戚們詢問不想回答的問題）……節日症候群以各式各樣的形式出現。

(신문기사) 명절 스트레스로 인한 명절 증후군 여전히 심각한 상황
（新聞報導）因節日壓力引起的節日症候群情況依舊嚴重。

화석 化石

화석 (化石) 原本是指物質長久堆積成石頭的意思，大學生們最近則用來比喻無法畢業，留下來的前輩們。必須去當兵兩年才能回來的韓國男學生，要變化石應該很簡單吧？

│ 저 선배는 10 년째 학교를 다니고 있어 , 완전 화석이야 .
│ (那個前輩已經在學校 10 年了，根本就是化石嘛。)

3 포 세대 三拋世代

身處不安的未來（不安的未來）、不安定的 고용 환경（不安
定的職場環境），致使很多韓國年輕人拋棄연애（戀愛）、
결혼（結婚）、출산（生小孩）這三件事，三拋世代就這樣
產生了。因為這樣，使得韓國人口漸漸減少，這問題該要
如何解決才好呢？

❙ 3 포 세대라는 말은 사회를 반영하는 단어입니다 .
「三拋世代」是反映社會的單字。

小百科

한국의 출산율　韓國的生育率

根據統計，韓國的出생아수（新生兒數）2006 年有 448,000
名，而 2010 年則是 406,000 名，不停地減少中。可惜的是
越來越多的年輕人成為三拋世代，延後或放棄戀愛、結婚、
生小孩，因此即使在未來，生產率也很難輕易地提高。

욜로족 YOLO 族

You Only Live Once 取大寫字母為首寫成 YOLO，YOLO 族 以 한 번 사는 인생 즐기자 (享受僅有一次的人生)、현재는 다 시 돌아오지 않는다 (這一刻再也回不來了) 為座右銘。不同 於以往「為了未來而犧牲現在」的觀念，年輕人為了活得 跟別人不一樣，奉行 YOLO 主義的人越來越多。

> **걔는 월급을 다 여행에 써버려 , 진정한 욜로족이지 .**
> 他把薪水全花在旅行上，是個真正的 YOLO 族。

한국의 욜로족
韓國的 YOLO 族

· · · · · · · · · ·

最重視當下幸福的 YOLO 族，是對於消費完全
沒有抗拒感的人！在韓國，有很多沉迷於偶
像或演員的 YOLO 族，他們會 3 일 간의 콘서
트 티켓을 모두 산다（購買三天演唱會的票）、
팬미팅에 당첨되기 위해 CD 를 몇 백 장 구매한
다（為了抽中粉絲見面會的門票買了好幾百
張專輯）、자신의 직업을 버리고 아이돌 사진과
영상을 찍으러 다니다（捨棄自己的工作只為了
跟拍偶像的照片或影片）等，有越來越嚴
重的現象。最近，反對 YOLO 族的노머니족（no
money 族）越來越強大，他們跟 YOLO 族相
反，一直強調節省再節省，養成為未來做準
備的習慣。

화섹남 化性男

隨著最近正夯的 1 人直播節目興起，不只是女生，連男生的美妝節目都擁有高人氣。화섹남（化性男）是指화장하는 섹시한 남자（化妝的性感男生），由此可知，會化妝的韓國男生比例正漸漸增加，對吧？

요즘엔 남자도 꾸밀 줄 알아야해 , 화섹남이 대세야 .
近來，連男人也得懂裝扮，化性男可是潮流啊！

<table>
<tr><td rowspan="5">小
百
科</td><td>화장하는 남자　化妝的男生</td></tr>
<tr><td>男生化妝這件事可以追溯到 10 年前的明星，但會化妝的男生，在韓國其實還是不常見的，也有人覺得男生化妝很奇怪。但如今在자기 관리 시대 (自主管理時代)、개성 시대 (個性時代) 的驅使下，對化妝有興趣的男生越來越多，最近也有很多電視節目會由男生幫女來賓化妝。根據這種趨勢，男性美妝市場逐漸擴大，化妝品公司也不停地為男性們開發新產品。</td></tr>
</table>

컴알못 電腦白癡

身為世界 IT 強國的韓國，對於完全不會電腦的人該如何稱呼呢？會稱作컴알못（電腦白癡），意思컴퓨터를 알지 못하는 사람（完全不會電腦的人）。那麼，對於對美妝一竅不通的人該怎麼形容呢？當然就說뷰알못（美妝白癡），뷰티를 알지 못하는 사람（完全不懂美妝的人）囉！

> **넌 이메일 보낼 줄도 몰라 ? 완전 컴알못이네 .**
> 你連電子郵件都不會寄？真的是電腦白癡欸。

코덕 美妝狂

코덕是코스메틱（化妝品）
和狂粉（덕후）的合成語，
用於形容對化妝品（化妝
品）、화장법（化妝方法）、
메이크업 아티스트（造型師）
等瞭若指掌的人。韓國有名
的化妝品很多，所以應該有
很多美妝狂吧？

(검사지) 나는 코덕일까 ?（自我檢查）我是美妝愛好者嗎？

1. 나는 매일 뷰티 잡지를 챙겨본다 .

1、我每天都看美妝雜誌。

2. 나는 영상으로 화장법을 배운다 .

2、我透過影片學習化妝方法。

3. 사람들의 화장품이 궁금하다 .

3、我很好奇其他人的化妝品。

<table>
<tr><td rowspan="3">小
百
科</td><td>

화장품 어플　化妝品 App

韓國人很在意皮膚，也注重化妝，所以有許多和化妝品相關的
App。透過 App 不只可以知道各商品的使用感想，甚至還能了
解化妝品的成分，許多人以此方式找尋適合自己的化妝品。

</td></tr>
</table>

썸녀／썸남
曖昧女／曖昧男

你是否曾聽過썸타다（曖昧）這個詞呢？曖昧是指아직 사귀지는 않지만, 서로 호감을 가지고 있는 상태（還沒有交往但雙方互有好感的狀態）。女生如果有曖昧的對象，對方即可稱作썸남（曖昧男），而自己則叫作썸녀（曖昧女）。

A: 내 썸남이 오늘 만나자는데 . 曖昧男約我今天見欸。

B: 오늘 사귀자고 고백하는거 아니야？
該不會今天要跟你告白?

小百科

썸　曖昧

在韓國遇到許久沒見的朋友會問요즘 좋은 소식 없어？（最近沒有好消息嗎？）、못 본 사이에 남자친구 / 여자친구 생긴 거 아냐？（許久沒見，是不是交男／女友了呀？）如果對方回答아니 없어.（沒有。）則會接著問그럼 썸남 / 썸녀는 있어？（那有沒有曖昧的對象呀？）脫離朋友關係、在交往前的狀態即為曖昧，但並非所有的曖昧男女都會成為情侶，因此有很多以曖昧失敗為主題的歌。為了成為情侶，雙方一起努力吧！

시월드 夫家世界

女生結婚會說시집간다 (嫁出去)，男生結婚會說장가간다 (娶老婆)，而시월드 (夫家世界) 這個字是由시집 간다的'시' (嫁去夫家的夫) 和세상的'월드' (代表世界的 world) 結合而成的。但夫家世界這個字其實帶有不好的意思。在朝鮮時代，與其說媳婦是珍貴的家人，其實更常被視為處理家務的人；到現在老一輩的人還有這樣的觀念，讓很多媳婦覺得難受。因此，挖苦和丈夫家族有關的事時，會稱作시월드 (夫家世界)。

시월드는 나랑 상관없는 말인줄 알았는데 , 요즘 시댁만 가면 숨막혀 .

還以為「夫家世界」是個與我無關的詞，但最近去婆家就喘不過氣。

한국 가족들의 호칭
韓國家族的稱呼

. . . .

남편（丈夫）稱妻子的媽媽叫장모님（丈母
娘），稱妻子的爸爸為장인어른이（老丈人）；
而妻子的父母則稱女兒的老公為성＋서방（老
公的姓＋女婿），例如：女兒的老公姓金，
會稱呼他為김서방（金女婿）。
부인（妻子）稱丈夫的媽媽為어머님（婆婆），
稱丈夫的爸爸為아버님（公公）；丈夫的父母
則稱兒子的老婆為며느리（媳婦）。

자주 쓰이는
인터넷 용어

常用的網路鄉民用語

빼박캔트다
賴也賴不掉

빼박캔트다（賴也賴不掉）是빼도박도 못하다（進退兩難）＋ can't 的合成語。빼도박도 못하다用來形容處於這樣也不行、那樣也不行的狀態下，或是出現了自己再也無法反駁的證據時。說謊的時候如果被抓到賴也賴不掉的證據，應該會很慌張吧？

A: 방금 민아랑 지민이랑 같이 걸어가는 거 봤어 .
剛剛我看到敏兒和志民走在一起。

B: 사귀는거 빼박캔트네 ~
交往的事實賴也賴不掉了～

ㅇ ㅈ   ㅁ ㅊ

ㅇ ㅈ（ㅁ ㅊ）指的是인정한다（認同），或是也可以簡單地回答응（嗯）、맞아（沒錯）即可。

A: 와 오늘 시험 너무 어려웠음 .

哇今天考試好難。

B: ㅇ ㅈ

ㅁ ㅊ

초성 맞추기
猜猜首字母含意

．．．．．．．．．．

ㅇ ㅈ － 인정（認同）

ㄱ ㅅ － 감사 , 고마워（感謝、謝謝）

ㄴ ㄴ － 노노 (NO NO), 싫어 , 아니（討厭、不是）

ㄱ ㄱ － 고고 (GO GO), 가자（走吧）

ㅅ ㄱ － 수고 , 수고했어（辛苦了）

ㅈ ㅅ － 죄송 , 죄송합니다 , 미안（對不起、很抱歉）

ㅊ ㅋ － 축하（추카）, 축하해（祝賀、恭喜）

낄끼빠빠 識相

낄끼빠빠（識相）
指的是낄 때 끼고 빠
질 때 빠지다（該加
入的時候加入，該
離開的時候離開）
的意思，是可以對
沒有眼力的朋友說
的玩笑話。讓我們
成為識相的人吧！

A: 너희 놀이동산가서 데이트한다고 ? 나도 껴줘 !

聽說你們要去遊樂園約會？我也要去！

B: 낄끼빠빠 좀 하자 ~

識相一點吧～

小百科

이건 무엇을 줄인 말일까요 ?
這是什麼語句的縮寫呢？

어덕행덕— 어차피 덕질할거 행복하게 덕질하자
（既然都瘋狂了，那就幸福地瘋狂下去吧）
복세편살— 복잡한 세상 편하게 살자
（在複雜的世界輕鬆地活著吧）

안물안궁
一點也不想知道

안물안궁（一點也不想知道）指的是안물＝안 물어봤고, 안궁＝안 궁금해（不問，不好奇）的意思。有可能讓對方感覺你無視於他，因此要好好使用此句型。

A: 내 인생프로필사진 보고 싶지 않아 ?
想不想看我最厲害證件照呀？

B: 안물안궁 .
一點也不想知道。

솔까말 說穿了

솔까말（說穿了）是指솔직히 까놓고 말해서（誠實地全盤說出）的意思。沒有包裝或沒有隱藏地說出自己看法的時候，可以使用這個網路用語。

A: 드라마 배우들 연기력이 좀 ...

電視劇演員的演技有點……

B: 솔까말 연기는 잘하는 듯？

說穿了只是假裝演技好吧？

개취 我喜歡

개취（個取）是개인의 취향（個人取向）的縮寫。每個人喜歡
或有興趣的東西不一樣，這個詞帶有尊重個人意見的意思。

A: 너는 어떻게 일주일 내내 피자를 먹어？

你怎麼有辦法一個禮拜每天都吃披薩呢？

B: 개취지 ~

因為我喜歡呀～

ㅇㅇ , ㅇㅋ 嗯嗯、OK

ㅇㅇ就是응응（嗯嗯），
ㅇㅋ就是오케이（OK）
的縮寫。表達知道但懶
得寫完整單字，或想簡
單地表達肯定的時候可
以使用這些詞。比起女
生，男生朋友之間更常
使用；但對女朋友這樣
回答的話，女生可能會
覺得沒有誠意而生氣唷。
要小心呀！

A: 그럼 오늘 5 시에 피씨방 가는 거지 ?

那麼今天五點去網咖？

B: ㅇㅋ

OK

小百科

울음을 나타내는 채팅 용어　表現悲傷的聊天用語

韓文모음（母音）中，和流淚的樣子最接近的母音是什麼
呢？韓國人難過的時候，或想哭的時候都會使用「ㅠㅠ、ㅜ
ㅜ」。例如：나 요즘 너무 힘들어ㅠㅠㅠㅠ（我最近好累嗚嗚
嗚嗚），這樣使用即可。

마상 心傷

마상（心傷）是指마음의 상처（心中的傷口）或마음의 상처를 입다（心裡受傷）的意思。約會被對方甩的話，內心會有多麼受傷呀？嗚嗚～

A: 어제 소개팅 녀한테 차임 ...
我昨天被相親女甩了⋯⋯

B: 아 ... 마상ㅠㅠㅠㅠㅠ
啊⋯⋯心傷嗚嗚嗚嗚嗚

눈팅 潛水

눈팅潛水是指댓글을 달거나 사진을 올리지는 않다（不留言或上傳照片），只默默看其他人的照片或文字的行為。這個字可以用來形容「不和其他人交談或留下痕跡，只在一旁觀看」的人。

A: 너 페이스북 해?
你有用臉書嗎？

B: 아이디는 있는데 그냥 눈팅만 해.
有帳號，但只有潛水而已。

小百科

악플러 惡意回覆者

和潛水的人相反，有些人喜歡在網路上發表自己的意見，這其中，當然也有人會口出惡言，甚至辱罵或指責別人，這種人被稱作악플러（惡意回覆者），악플是악성 리플的縮寫。很多人會因為惡意留言而受傷，希望大家都要有所自制，避免惡意留言！

넘사벽 無法超越的牆

넘사벽是넘을 수 없는 벽（無法超越的牆）的縮寫。누구와 누구를 비교할 때（某人和某人比較的時候）或觀看明星的影片時，意指이길 수 없는 상대（無法贏過的對手），都可以使用這個語詞。例句：

미모가 넘사벽 . 無法超越的美貌。

쟤는 넘사벽이다 진짜 . 他真的是無法超越的牆。

A: 빅뱅은 진짜 전세계에서 유명한가봐 .
Bigbang 好像真的聞名全球。

B: 가수들 사이에서도 넘사벽이지 .
他們在歌手之間也是無法超越的牆呀！

잉여 多餘

잉여（多餘）是指有很多時間，卻不知道要幹嘛，或者覺得自己不被社會需要的人。例句：

나 요즘 잉여야 놀아줘 . 我最近覺得自己好多餘，陪我玩。

그냥 잉여지 뭐 . 就覺得很多餘。

A: 나 겨울방학 때 할 게 없어 걱정이야 .

我有點擔心寒假不知道要幹嘛。

B: 나도 , 완전 잉여일 듯 . ㅠㅠ

我也是，有種多餘的感覺。嗚嗚

핵 XX 超 XX

與핵（超）連結的句型，帶有比정말（真的）、진짜（非常）、매우（十分）、아주（完全）還要強調的意思，當想強調某種感覺的時候，就可以在前面加個핵。學韓語也是핵 재밌（超有趣）對吧？

A: 내일 수업 없대 ~

聽說明天不用上課～

B: 와 ... 핵 좋아 ... 핵 설레 ...

哇……超棒的……超興奮……

쩐다 太了不起了

쩐다含有진짜 대단하다（真的好厲害）、멋지다（好帥）、능력이 많다（好有能力）、엄청나다（好優秀）等意思，主要用於朋友之間想大力地稱讚對方的時候。

> **A: 내 친구 이번 시험 올백이래 .**
> 我朋友說他這次考試全部 100 分。

> **B: 진짜 쩐다 .**
> 真是太了不起了。

補充 │ 올백 : All 백점 , 모든 과목 백점이란 뜻이에요 .
All 100 分，所有科目全部 100 分的意思。

꿀잼 超有趣

잼是재미있다（有趣的）中재미（趣味）的縮寫，前面加上꿀（蜂蜜）表示真的很有趣的意思，帶有可愛地表達「有趣」的感覺。例句：

이 방송 진짜 꿀잼이다 .　這個節目真的超有趣。
꿀잼 영화 추천해주세요 .　請推薦我超有趣的電影。

| A: 뭐하냐 ? 또 게임해 ?
在幹嘛？又再玩遊戲？

| B: 야 이 게임 진짜 꿀잼이야 .
這個遊戲真的超有趣。

ㅋㅋㅋㅋㅋㅋㅋㅋㅋㅋ
ㅎㅎㅎㅎㅎㅎㅎㅎㅎㅎ

顆顆顆顆顆顆顆顆顆／哈哈哈哈哈哈哈哈哈哈

韓國人用通訊軟體聊天時很常出現以下這種對話，因為ㅋ
ㅋ（顆顆）或ㅎㅎ（哈哈）是笑聲的意思，打字的時候就以
一個字母代表。此外，覺得對方的話題不好笑時，則只會
回答ㅋㅋ（顆顆）或ㅎㅎ（呵呵）。

A: 야 이 사진 봐봐ㅋㅋㅋㅋㅋㅋㅋㅋㅋㅋ

欸，你看看這張照片，顆顆顆顆顆顆顆顆顆顆

B: ㅎㅎㅎㅎㅎㅎㅎㅎㅎㅎㅎ

哈哈哈哈哈哈哈哈哈哈

ㅋ의 개수에 따른 의미 차이
顆數不同代表不同的意思

. . . .

雖然不是所有人都依據這個規則來表達，但不同的「ㅋ」
數，往往被認為代表了不同的意思。

ㅋ 1 개 : 비웃음 , 시크한 느낌

（1 個顆：有嘲笑、冷漠感）

ㅋㅋ 2 개 : 상대방에 대한 최소한의 예의

（2 個顆：向對方表達最起碼的禮貌）

ㅋㅋㅋ 3 개 : 웃고있다는 것을 전달

（3 個顆：表示自己正在笑的意思）

ㅋㅋㅋㅋ 4 개 이상 : 진짜 웃김

（4 個顆以上：真的很好笑）

ㅋㅋㅋㅋㅋㅋㅋㅋㅋㅋㅋㅋㅋㅋㅋㅋㅋㅋㅠㅠㅠㅠㅠㅠ :
웃긴데 내 얘기

真的很好笑，是我的親身經驗

你想時代 Learning

韓國年輕人這樣說：超實用生活會話 & 經典鄉民流行語

作　　者　韓語幫幫忙
共同編譯　송단비、陳美曄、李庭慧
插　　畫　강성헌

總 編 輯　張芳玲
企劃編輯　詹湘伃、翁湘惟
主責編輯　詹湘伃、翁湘惟
美術設計　魏妏如、陳彥如
宣傳企劃　張舜雯

韓國年輕人這樣說：超實用生活會話
& 經典鄉民流行語／韓語幫幫忙作 . --
初版 . -- 臺北市：太雅，2018.11
面；公分 . -- （你想時代；1）
ISBN 978-986-336-257-9（平裝）
1. 韓語 2. 會話

803.288　　　　　　　　107010332

太雅出版社
TEL：(02)2882-0755 ｜ FAX：(02)2882-1500 ｜ E-mail：taiya@morningstar.com.tw ｜
郵政信箱：台北市郵政 53-1291 號信箱 ｜ 太雅網址：http://taiya.morningstar.com.
tw ｜購書網址：http://www.morningstar.com.tw ｜讀者專線：(04)2359-5819 分機 230

總經銷：知己圖書股份有限公司
106 台 北 市 辛 亥 路 一 段 30 號 9 樓 TEL：(02)2367-2044 ／ 2367-2047 FAX：
(02)2363-5741 ｜ 407 台 中 市 西 屯 區 工 業 30 路 1 號 TEL：(04)2359-5819 FAX：
(04)2359-5493 ｜ E-mail：service@morningstar.com.tw ｜ 網 路 書 店：http://www.
morningstar.com.tw ｜郵政劃撥：15060393(知己圖書股份有限公司)

出版者：太雅出版有限公司｜台北市 11167 劍潭路 13 號 2 樓｜行政院新聞局局版台
業字第五〇〇四號｜法律顧問：陳思成律師｜印刷：上好印刷股份有限公司 TEL：
(04)2315-0280 ｜裝訂：大和精緻製訂股份有限公司 TEL：(04)2311-0221 ｜初版：西
元 2018 年 11 月 10 日｜定價：300 元｜(本書如有破損或缺頁，退換書請寄至：台中
市西屯區工業 30 路 1 號 太雅出版倉儲部收) ｜ ISBN 978-986-336-257-9
Published by TAIYA Publishing Co.,Ltd.
Printed in Taiwan